藏一座城在书里，藏一段时光在心间。

灵谷寺是东郊深处的一处优美灵动的所在。我喜欢让秋天的第一场郊游开始于此地。秋天的东郊实在太美，密林层层叠叠，颜色瑰丽丰盛。踩着夏天的尾巴在重阳节时去，登高灵谷塔，最妙。

登高灵谷塔

先锋书店成为南京一个标志鲜明的名片，它的足迹已经开挂到真正先锋的山水田间。它跨越城市和乡村，山野和岛屿，为「大地上的异乡者」提供更多精神驿站。

先鋒書店
先锋书店

古城门与古城墙仍旧结实，看尽人间百态，也算历史的见证。沿着城墙走进东郊，月牙湖、琵琶湖、前湖、紫霞湖，水环着墙，墙绕着水，相依相偎，紫金山与古城墙相看两不厌，古南京的风华一直正茂。

古城墙

在南书房看完一本《一起奔跑的人》，出来，站在凌晨2点的街头，看到网红的龙虾馆子，周围都是人，大家还在排队等候呢。这真是超现实。

深夜南书房

玄武湖是上天赐予南京人民的恩惠。一年四季，朝暮晨昏，雨雪风霜，各有滋味。我最喜欢的是下班时分，沿着湖边走一段或长或短的距离。那是属于我自己的一段非常享受的时光。

玄武湖荷花

栖霞寺里有几棵古老的银杏树。在深秋满树金黄，绚烂无比。若是雨后来，更是一地的落叶沙沙作响，只觉华丽，不觉伤秋。

栖霞寺银杏

每年至少要去三五次瞻园的。一次，是春天，去看那株300年树龄的紫藤开花。一次，是秋天，去看那两棵百年老桂花树。一次雨天，去坐在静妙堂前的木长廊上，听雨。冬日如果下雪的话，也要去看看那棵百余年的女贞有无压力过大？

瞻园好美

金陵深深处

周水欣 著

中国旅游出版社

统　　筹：周华诚
责任编辑：王佳慧　高　辰
责任印制：冯冬青
封面设计：中文天地
插　　图：施欣仪

图书在版编目（CIP）数据

南京　金陵深深处 / 周水欣著 .— 北京 : 中国旅游出版社 , 2022.1（2024.3 重印）
（一人一城）
ISBN 978-7-5032-6890-8

Ⅰ. ①南…　Ⅱ. ①周…　Ⅲ. ①散文集－中国－当代
Ⅳ. ① I267

中国版本图书馆 CIP 数据核字（2022）第 000271 号

书　　名：南京　金陵深深处

作　　者：周水欣　著
出版发行：中国旅游出版社
（北京静安东里 6 号　邮编：100028）
https://www.cttp.net.cn　E-mail: cttp@mct.gov.cn
营销中心电话：010-57377103，010-57377106
读者服务部电话：010-57377107
排　　版：北京中文天地文化艺术有限公司
印　　刷：北京金吉士印刷有限责任公司
版　　次：2022 年 1 月第 1 版　2024 年 3 月第 2 次印刷
开　　本：889 毫米 ×1194 毫米　1/32
印　　张：6.875
字　　数：128 千
定　　价：49.80 元
I S B N　978-7-5032-6890-8

与一人，踱一城
（出版说明）

一座城，伫立在历史长河边，披着时间的柔光，看岁月流转，世事变迁。它静默不语，却内涵万千。它的故事，远非走马观花、匆匆打卡可以领略；而是要点一炉香，温一壶酒，与它对坐，慢品细读。

“诗和远方”并不是“生活在别处”，所谓的“别处”，亦是彼岸人家的日常烟火。一座城的故事里，历史波澜壮阔，山川沧海桑田，在彼时彼刻，都是一户户人家寻常日子的点点滴滴。

“爱养心识”，才能“策发神解”。当我们奔波在现代生活的高速轨道上，需要不断地回溯来处，以便汲取滋养心灵的能量，明晰未来的道路和生活的方向。“一人一城”系列即着眼于个体对城市的品读、体悟，每个城市邀请一位当地文化名人作为“向导”，深入城市风貌、历史风情、过往人物，以及街巷市井、在地美食、时下生活。作家用微温的笔触，带领读者深入城市的角落，行走之间，让一座城市的气质、气息、气韵自然浮现出来。我们相信在这样的个人视角中，一座城市在漫漫光阴里沉淀下的温暖，将会浸润和拥抱我们的此时此刻。

本系列的作者们，都在当地生活多年，对他们所在的城市有深刻的体验、观察，他们与那座城市耳鬓厮磨，读城，读人，读生活；文字里不减其厚重，又添如许亲切与灵动，字里行间，处处贴着地气，洋溢着生活的细节与微光。而这也是我们所特别珍视之处。相信这个系列，将带给读者不一样的阅读感受。

2021 年推出的三本书定位为“诗意栖居 × 人间烟火”，分别为鱼丽的《上海　海上风情录》、金泓的《苏州　吴门酒一杯》、吴卓平的《杭州　钱塘风物好》。

2022 年推出的三本书定位为“悠悠古意 × 市井人家”，分别为华静的《北京　闲笔识京华》、周水欣的《南京　金陵深深处》、谢伟的《成都　锦城诗酒花》。

它是一场雪就可以穿越到北平时代的古老帝都，它是全球政治、经济聚焦的国际都市，它以文化遗产和现代地标将千年文明与潮流文化承载一身，它又在悠悠胡同中掩映着京味人生。古老与现代、传统与流行、高大上与接地气，北京几乎兼容并蓄着我们可以想到的各种城市特质。华静以生活笔触撩开了这座城市的大气面纱，从京城名家、外国友人、黄发垂髫等不同人的角度入墨，在闲游细走间描摹出一幅润着晨昏光晕的京华烟云图。

六朝烟云诡谲，秦淮歌声婉转，近代战火纷纷，民国风云变幻，繁华与苦难，文化底蕴与市井生活，其间种种都被南京这座伟大的城市融冶于一炉。当代的南京并没有追赶北上广的高速发展，而是保持着一种悠悠然的现代化节奏。这座城在周水欣的笔下，就像“雪白粉嫩，丰满小巧，笑起来甜津津”的表姐走过青石小巷的背影，娉婷、鲜活。

从兵家必争的“天府之国”到游人如织的“网红城市”，从杜甫的草堂和诗篇到当代的创意都市和新兴玩法，古蜀人的文明底蕴，穿越千年，化成了蓉花落在宽窄巷子上的一抹剪影、盖碗茶里揉碎了的日光。谢伟写都江堰，写三星堆，写泛着青铜光泽的岁月斑驳；也写午夜小巷“鬼饮食”的麻辣鲜香，写青城后山落雪日赏梅打酒待客来的闲情逸致，那是独属于成都的诗、酒、花。

“与一人，踱一城”。我们可以在书里，跟随一位当地文化名人，去翻阅一座城市的前世今生，我们也希望你能和生活中很重要的亲人、朋友、伴侣，慢慢地踱过一座城的街头巷尾，去触摸时光在那里留下的斑驳痕迹。

在人人向往“诗和远方”的时代，我们希望旅行不是一场出走，而是一次通过文化细读实现的生活回归。这也是在文旅融合背景下，我们对“城市旅游”的一种期待。如果说“乡村旅游”要唤起的是人与自然的和谐，那么与之相对应的“城市旅游”，要追寻的，则应该是生活与心灵的平衡。

“一人一城”丛书编辑部

2022 年 1 月

目 录

第一章 >>

古城

GU

CHENG

秦淮河两岸

1

我是在祖国的西北边陲新疆出生的。熟悉的一直是豪爽大漠与蹿天的白杨树。我家周围有一条沟渠，叫作“和平渠”，渠里每隔几米种一棵杨树，瘦而高，仿佛只长个子不太长腰身。每到春夏会专门从上游水库放水，水流蜿蜒流过白杨树们，也算一种灌溉。小孩们则可以穿着凉鞋在小渠道里面踩水，水大的时候也就漫到小腿肚，大人们一点儿不用担心有什么危险。甚至不担心会把衣裤打湿，因为天气干燥，就算湿了水，也很快就会干。我的城市没有天然的河或者湖或者池或者塘。水，是金贵的。

可是父亲对我说，“在我的老家南京，有一条著名的秦淮河哦。它非常宽而大，绕着南京城。我小时候出门就到河边了，可以在秦淮河上泛舟，夏天还捞鱼捉虾……”

父亲一脸回味，我被带入那种怀想世界，一脸憧憬。

我还记得第一次跟随父亲回南京老家过暑假，是 20 世纪 80

年代，那时的我是十来岁的北方小姑娘，黑瘦高，也似白杨。由爸爸带着，乘坐了三夜四天的火车，来到南京。火车过长江大桥的时候，爸爸早早就搂着我趴在车窗边，用手指着告诉我，“看，这就是课本上的南京长江大桥。这条江就是长江哦”。爸爸比第一次见到这些的我还要激动。即便支边的时间已经远远长于他在故乡南京的时间，南京对他来说，永远是乡愁。

我们住在父亲家的老宅子里，现在是叔叔的家，叫作柳叶街。蜿蜿蜒蜒的石板路铺就的小巷，两边是剥落了红漆的古旧木门，木门很高，门后是迷宫般的深宅大院。那时看过一个香港片子，叫作《七十二家房客》，就是这些宅子里面的真实写照。推开双开木门，里面别有洞天。一个天井，有光屁股的小孩在玩耍，几位年纪大点的姨伯在择菜。看到风尘仆仆的我们，纷纷用南京话打着招呼。穿堂风呼呼地吹，一点不显得挤逼。老房子大多是木结构的。高高的门板，高高的、磨得亮亮的石阶，小孩要费点劲儿才能跨过去。外观看上去都破败了，然而里面的人家都过得生龙活虎。老街坊老邻居的，吃饭时，摆张桌子出来，左边的李家和右边的王家，伸个筷子就吃到对方的菜式了。小孩子们更是不分彼此，隔灶饭香。院落里一口老井，据说是南宋时期的。周围是绿油油、厚实极了的青苔。不明就里的我曾经踩上去，摔了一大跤，才知道青苔的厉害。

我好奇极了。南方的一切都与我的新疆完全不同。他们说着糯糯的方言，男人女人都穿着裤头背心。女孩子们都长得雪白粉嫩，丰满小巧，笑起来甜津津的样子，更衬得我黑瘦和高。整个宅子里住了十来户人家，简直可以捉迷藏。婶婶扬声叫与我年纪相仿的堂姐妹，“姗姗，带水欣去河边走走，等会儿回来吃饭”。姗姗清脆地“哎”答应一声，给我一双木拖鞋，示意我换下球鞋，笑嘻嘻地说，“我们出去晃晃”。

沿着石板路一路曲里拐弯地前行，老街巷里有一股味道，混合着老式木头房子、浓油赤酱的食物、密集人气儿、老青苔、巨大香樟树与老梧桐的气味，以及经年累积的湿气……但是一点不龌龊，是一种有滋有味的居家过日子的气息。

姗姗带头在前面走。这个与我有四分之一血缘关系的堂姐妹，与我完全不同。典型的南方姑娘。小小年纪已有丰盈的身材，一条泡泡纱连衣裙将美好身段得体显露，青春逼人。雪白银盘鹅蛋脸，淡淡的俏皮雀斑，粉红嘴唇说出一串音乐一般流畅却完全不按照拼音发音的南京话，她在前面一扭一扭地走着，不时回头对我展颜微笑，提醒我注意脚下石板路滑。我立刻想到的字眼是“巧笑倩兮”。她又娇滴滴地跟我介绍着这些街巷的名字：仙鹤街、张都堂巷、箍桶巷……巷子里有点闷热，不一会儿我就一身汗了。姗姗回头看看我，抿嘴笑说，“快了快了，马上就到河边了，那里凉快”。话音刚落，巷子尽头，是一座古老的石桥，一条长长的河流，出现在我面前。

这是我第一次见到在爸爸心里一直流淌着的秦淮河，以及著名的长干桥。

2

后来我才知道，当年的集庆路与长乐路连接的大片仙鹤街、柳叶街、张都堂巷、长干里及周边一带，正是老城南非常有代表性的街巷框架。那里纵横交错的很多条街巷，是秦淮河河谷地区，是最早开发南京的先民们的聚居地，也是南京最早的城池越城的旧址，至今有 2500 余年。

跨越外秦淮河的长干桥，桥长 100 米，桥名是解放后南京第一任市长刘伯承元帅的题字。这里的古“长干里”，李白曾写过一首著名的“长干行”:“郎骑竹马来，绕床弄青梅。同居长干里，两小无嫌猜。”六朝时代的许多大人物，都住长干里及其附近，东吴名臣张昭，西晋大文豪陆机、陆云兄弟，都是这里的住户。而距离长干里不远的乌衣巷，在东晋更是高门士族的聚居区。刘禹锡曾写“朱雀桥边野草花，乌衣巷口夕阳斜”，这座朱雀古桥，就在长干里的北口。而朱雀古桥下流淌的，是内秦淮河，也是现在好多人认为的“秦淮河”，是古时多少文人艺伎摇着画舫在夜夜笙歌的那个“秦淮河”。

外秦淮河是相对于内秦淮河而言的。内秦淮河就是指城内（古城墙之内）之河，即通常说的从东水关到西水关的“十里秦淮”；外秦淮河指的是“城外之河”，一条贯穿南京溧水区、江宁区、秦淮区、建邺区、鼓楼区的重要城市河道。是真正意义上的

“秦淮河”。

蜿蜒百里的秦淮河是南京城的母亲河。发源于句容和溧水的秦淮河在江宁方山处合二为一，经明代的外郭城门之一的上方门流入南京城内，在明代都城东水关处又分为内、外两支，其中外秦淮河沿着明城墙的东南、南部和西南部绕行，从三汊河口入长江。在外秦淮河两岸，自明朝以来形成的手工业作坊群落以及以这些手工业作坊命名的街巷“十八坊”散布其间。著名的“秦淮三坊”——槽坊、油坊、玉壶坊就临靠在秦淮河畔。明初朱元璋在南京建都，都城47万人，手工业者就20余万人，大都居于城南秦淮河两岸。

清朝南京的纺织业发达，清末民初文化名人陈作霖的《金陵琐志九种》书，“乾嘉间，通城织机以三万计”。他的故居就在安品街。聚宝门一带是云锦织户的集中地，秦淮河两岸有多个染厂，今天的雨花路扫帚巷附近就是“漂丝码头”的旧址。为了保障漂丝流域不被侵占，清朝咸丰、同治年间两次在长干桥沿河立碑，标志漂丝地起止处。国学大师夏仁虎故居在颜料坊，德庆巷里有德庆庵、翔鸾坊。我婶婶工作的服装厂所在的花露岗旁边有个小而精致的古瓦官寺，靠着“九十九间半”的甘熙故居。

大报恩寺遗址、古越城遗址也在河沿岸。外秦淮河两岸的建筑，构成了南京古城中最具历史特色和江南庭院风格的民居格局。在外秦淮河边还流传着郑和下西洋、牧童遥指杏花村、大明十六楼等具有地域文化特色的历史故事或民间传说。沿途还保留着石头城遗址、明城墙、宝船遗址、渡江胜利纪念馆、七桥瓮等重要的历史遗迹。明清时期，金陵四十八景中有十三处历史人文景观分布在外秦淮河两岸。外秦淮河，贯穿古城人文历史遗迹，就是一部南京的“水上通史”啊，也是十朝古都的交通大动脉。

3

整个暑假我都在古都南京。我和堂姐妹及周围邻居小孩们经常在夏夜吃完晚饭，拿了蒲扇，踩着拖鞋，穿过石板小路，挤挤挨挨地走到长干桥桥头上放风凉。两岸有很多小房子临水而建，乘凉的人们让夏夜热闹极了，摆摊的小贩当街将西瓜切成一牙一牙地卖，晒得黑泥鳅一般的小孩在河里打闹嬉戏。人们搬出竹椅竹床搭在河边，聊天、吃饭、打牌。这些曲曲弯弯的长长的街巷，这边绕到那边，都能绕到河边去。叔叔经常去河边钓龙虾回来。个个膀大腰圆、辣红肥美。我们姐妹俩搬了小板凳坐在天井里，我学着姗姗的样子，用细剪刀剪掉虾须，拉出尾巴里的肠子，再用牙刷刷刷大钳子与白肚子。活蹦乱跳的龙虾就被婶婶下了锅，浓油赤酱地烧了一大碗。我第一次吃龙虾，也是由姗姗教我，如何掰下头，嘬，再拉尾巴，用筷子捅出肚子肉。唔。好吃到飞起。

那时一个家里的老朋友苏阿姨家，在长干里剪子巷与箍桶巷的附近。走过曲曲弯弯好长的街巷，这边绕到那边，闻到秦淮河的水腥气，就到了。苏阿姨家是个大宅院。两扇巨大的雕花木门，黄铜狮子门环油亮油亮的，扣起来咔咔咔清脆地响。进得门来黑咕隆咚的，院里一棵参天老香樟，夏夜散发浓香。院子很大，两边厢房都黑黢黢的，只尽头亮着盏黄灯。苏阿姨笑吟吟地在堂屋里摆好了瓜子、糖切片等零食。苏阿姨的爷爷辈及以上都是书香门第，据说做过举人，当过文官，在南京置办下这么一处老宅子。到苏阿姨这里，她和她丈夫都是工人，两个与我和姗姗同龄的女儿也没考上大学。苏阿姨觉得有点对不起祖宗。然而她的女儿们则不以为然。大女儿在当年夫子庙著名的状元楼做前台，认识了一个台湾水手。那人第一次到苏阿姨家就呆住了。对那宅院啧啧称赞，那老树，老井，那老木头雕花的门楣，那高高的全部靠榫接的人字形木头房梁，那老式红木的大饭桌（被吃饭吃得油渍嘛唔），一下就震倒了这个有点倨傲的台湾小海员。以后，他每次来南京，不再住在状元楼，而是住进苏阿姨家，对这老宅子膜拜不已。苏阿姨越发得意，把家里收藏的一些老字画拿出来献宝，并请台湾人帮着看看什么价格，也算作女儿的嫁妆。那几年，台湾人隔三差五地来，也不避讳苏家"书香门第"的规矩，陪我们说话的时候，把大女儿直接抱在腿上，还给她买漂亮的羊毛套裙。春节的时候，我们去拜年，那女孩一边摆弄一头长发，一边闲闲地说，想辞了职，休息一段时间，准备嫁到台湾去了呢。苏阿姨也喜滋滋地说："算命的说她是金命，嫁得好。"而我和姗姗全无对象，不免讪讪……然而事情很曲折，故事有后续。次年苏阿姨自己来拜年，跟大人叽叽咕咕说了好多私语，黯然离去。原来，台湾海员在拿走了几幅老字画之后，不见了踪影。什么信息都无，给的地址电话都查无此人。苏阿姨的丈夫气得只骂老婆虚荣。那个金命的女孩倒很勇敢，若无其事继续在状元楼打拼，随后与一同单位男孩结婚生子，很快就剪短辫子，踏实过日子了。

4

大学毕业后定居南京，开始了我的南京人生活。南京，真是一座温柔友好的古城。人们性格平和，口头禅是“多大事儿呀”，街头巷尾都在忙着吃吃喝喝，每个女孩都声音嘤嘤的，雪白丰盈，会相约着“去新街口，买裙子啊”。对古韵古音的南京，我也在慢慢适应。那遮天蔽日的老梧桐，一到春天就毛絮纷飞。老宅子井台边的苔藓让我生畏，蚊子是我的天敌。绵绵黄梅雨季，夏日湿热沉闷的空气……而随时可以游荡到的秦淮河两岸，成了我排遣寂寞不适与想念新疆的一个“避风港”。不知为何，那静静流动的河水，随风泛起腥味的水汽，总给我一种淡淡的抚慰。每当我徜徉河畔，或者在长干桥上趴在石栏上发呆的时候，看着缓缓流淌的碧绿的河面，总能感受到一股安宁的力量。

然后，这座城市也开始大刀阔斧地搞起新的建设，各种改造工程启动。我们家那片老宅子，在长干里改造工程里消失不见。我们住的老街巷也被拆迁征地建起片片新楼、新商圈。叔叔家住进高楼，是充满喜悦的。因为老房子看着古色古香，但潮湿、挤逼、发霉，居住体验并不好。新房子一家一户，更加私密体面。眼见着高楼大厦拔地而起，街道拓宽，地铁线路一条一条建成，古城以摧枯拉朽之势旧貌换新颜。

随着现代城市空间不断扩展，外秦淮河早已囊括进城市内部。不知何时起，秦淮河的水，开始散发出难以名状的味道，并且泛出一种深不见底的绿色——河里长满了入侵者，那是蓝藻。两岸违建林立，沿河地区用地混乱，河道堵塞变窄，各种垃圾、废物废水令水质污染严重，环境变得脏乱差。叔叔们早已不去河边捉鱼摸虾，我们也很少去那附近散步了，隔着老远，就会闻到腐臭的气味。秦淮河，作为南京的母亲河的形象，受到了严重的破坏。

2002 年 1 月，南京大学的有识之士王颖院士等十一位专家、教授联名上书南京市政府，指出秦淮河“藏污纳垢不出流，满河污水祸四周”，建议实施秦淮河治理工程。市政府非常重视。2002 年 4 月，决定开展“秦淮河环境综合治理工程”，拉开了让秦淮河重新焕发美丽的攻坚战。这场整治，不是“让河水重新变清”那么简单，而是一场综合治理：要将秦淮河建设成一条“流动的河、美丽的河、繁华的河”。

然后，一年又一年，眼见着我们的秦淮河两岸，绽放了新的华彩。

爱跑步的我，首先发现沿河两岸修葺了木栈道，连绵十几千米，整个外秦淮河像一个翻过来的“几”字。可以沿着河岸两边，跑个半程马拉松，其间一路欣赏相依相伴的明城墙风光，经过老东门、老西门、大报恩寺遗址、夫子庙景区、雨花台景区、石头城遗址，一路往北，过莫愁湖、清凉山、古林公园、郑和宝船遗址、狮子山风景区，一直到三汊河入江口，秦淮河汇入大江之后，还可以在长江边新建的绿道上继续奔跑，感受长江的澎湃。这一路，河道宽阔，水质清澈，空气里是两岸树木混合着水汽的新鲜味道。可以随时停下来，站在景观台前欣赏碧波荡漾、杨柳依依、草木葱茏的沿岸美景。古城墙一路相随，不同区段有不同的历史遗迹，蕴含丰富的文化内涵：长干故里的故事，报恩寺塔的传说，雨花说法、天界招提，莫愁烟雨、石城霁雪，清凉寺的钟声狮子山来回应……一路看遍古城南京的前世今生。

这场整治，是南京城建史上的典范，也是南京第一个“公益性项目市场化运作”的市政工程。2008 年，南京市政府以“秦淮河环境综合整治改善人居环境成果”为主题，获得了联合国人居署颁发的年度“联合国人居奖特别荣誉奖”。

我们的秦淮河又回来了，既熟悉又陌生。内外秦淮河已经融会贯通。那个“浆声灯影里的秦淮河”，继续在夜晚闪闪发光，夜航画舫可看尽两岸繁华。那个韵味十足的古水道在白天则展现出古城的沧桑巨变。文德桥上的秦淮半边月，还在乌衣巷边照白雪，千百年来，守望着这座古城，看尽人间星移与斗转。

上一次经过长干桥，是参加2019年南京马拉松。我们沿着奥体新城，经虹悦城，从雨花台鱼贯而出，大报恩寺敲响晨钟为来自全国的马拉松选手祝福。我们跑上长干古桥，桥下是秦淮河潺潺流水欢声相伴，抬头，中华门古城堡开门欢迎跑者们欣赏南京风采。从越国大夫范蠡筑城到现在，有着2500年历史的古城南京，历经风雨，仍旧巍然屹立。奔跑在这样的古都，我的心里充满了油然而生的自豪感。

从父亲心中永远的乡愁，到他的女儿我近身相偎的依恋，秦淮河守候着一代又一代南京人。姗姗与我仍旧会相携着漫步秦淮河两岸。春天赏花，秋天看落叶，夏天闻蝉声，冬天等飘雪。开始我们这一代的故事。秦淮河从未让我们厌倦，永远给予我们内心的安宁与慰藉。

绵绵秦淮河环绕着南京城，见证了古都无数故事，给予了古城无限风情，护佑着南京的前世今生。河与城互相依托、互相成全。因为秦淮河永远的蜿蜒流淌，南京永远是那座可以追溯回忆的十朝古都。彼时的古水道，流经千年，此刻依旧源远流长。历史与文脉，国家与百姓，世间有什么东西可以永恒？那是守护与传承。用李白的诗来演绎，就是“至今秦淮间，礼乐秀群英”。

兜率寺

距离上次去，已经一年有半。时间过得真快。这里依旧平静无波澜似的。而时光迅速滑逝，人生的变迁看似缓慢实则势如破竹般地行进着。奢望的繁华没有到来，平安生活也不容易。信仰难以解释，却是可以安抚心境的方式。信与不信都不重要，因为信仰也分奢华与寂寥。而我还可以去这样的一个净地。

这座位于南京浦口老山国家公园狮子岭景区内的古寺，建于明代末年，距今有 300 多年的历史，是明代郑聘之季子郑继蕃所创建。继蕃中年精研释典，创建狮子岭道场，人称“柏庵和尚”，后狮子岭道场改称兜率寺。“兜率”是佛家梵语，意译为知足，谓“受乐知足而生喜事之心也”。鼎盛时期在清末民初，各方僧侣云集寺中。20 世纪 80 年代，著名的圆霖法师担任住持，对寺内原有古建筑进行了修复、翻建，2004 年，还在狮子岭上建起了标志性建筑物——大悲塔。圆霖法师是个传奇人物，经历复杂，但总是笑眯眯的样子。他工于笔墨丹青，尤其擅长于佛教人物造像。他的书法，特别像弘一法师，几可乱真。他对求字求画的信徒来者不拒。我的朋友就曾在一个深夜，上山求字而得。那些字画已经相当值钱，老和尚却根本不以为意。

法师在 2008 年于寺内安详去世，享年 93 岁。

上山的那条羊肠小路两边绿色植物肆意生长，伸展到路上，那么心安理得。我们在初秋的日光里漫步而上，好像进行的是一场郊游。

在我心中，古寺就要这样，隐匿在深山之中，古木参天，晨钟暮鼓。不是那么容易随便就能到的，在攀山的过程中，听得到古刹钟声，但看不到，满山的葱绿古木遮掩了古寺，让人不觉心驰神往。兜率寺就是这么一处所在。

山门入眼，仍旧那么素寒，就是个寺庙的样子，不是旅行胜地。同行的友人进门就在殿前轻轻跪下。默默低头，合十。

我慢慢走开，留她自己与佛面对。

世人想要求的，无非平安与富贵。人神共知。可是，要得到，却是漫长而曲折的路。而且，在神这里，还要告诉你：看机缘。

我自己随意走走。毕竟来过，有小小、依稀的熟稔。这里仍旧安静、平和，旅人很少，僧人也不随便走动。有几只猫咪在散步或者假寐。我盯着它们看，它们就这样，跟我直直对视。

寺庙还在进行小范围的修整。这样的规模是由来这里的善男信女们捐得的善款决定的，有一点，就把大门油漆一下，下次再翻修一下经堂。就这样，绝不大肆，好像整理家居那样，实实在在地做着，于是庙宇永远不会是“焕然一新”的，但也绝不会“破败不堪”。

一座真实的庙宇。

到了另一个殿宇，在门口取香，三支，点燃，恭恭敬敬向四方鞠躬，把香插在大香炉上。放香的地方写着：香烛自取，不收分文。这里的香是来这里打七禅修或义务帮忙的善男信女们提供的。

这个寺庙不卖香火。是送的。

逛到一个小小庭院，张望。一位挽着头发，身穿青衫的年轻女子出来，问，吃斋饭了吗？我慌忙摇头。她笑笑。她的手里拿着一本经书、一套没拆包装的棉毛衫裤，也是青灰颜色。路过经堂，她拐进去，双手合十、鞠躬，那里供奉着已圆寂的住持圆霖老和尚的画像，她放下手里的东西，去整理那些供品。

我合十凑过去看圆霖老和尚圆寂时候的照片，消瘦，安详，好像睡着了，是坐姿。

在这里请了一本《金刚经》。也是居士们结缘自印，随需随取。

出得门来，一位70开外的老和尚散步回来，抬眼看着我，笑道，“吃饭了吗”？看我腼腆的样子，他挥挥手，说，“去吃饭”！

他的袍子有一块深色的补丁，却依旧飘逸。

这里提供斋饭。炒得香香的豇豆茄子和辣干丝，白米饭。自己取两只碗，一双筷，舀自己能吃的量，不许浪费。吃前，合十感谢。吃饭时不许说话。吃完合十，自己收拾到厨房去。自有义工去洗。

来这里帮忙的人身份年龄各异。有年轻的姑娘，精神的小伙子，还有能干的大妈，剃着小平头的干练中年男子。大家很少说话，但眼睛对视的时候一定是微笑的。

快吃完的时候，厨房忽然忙碌起来，那掌勺的中年男子煮了一大桶西红柿面，与大妈分装起来。“26 个，就要转过来了。”“快，先盛这么多，不够再去下。”没一会儿，一帮人走进来。

他们大包小包，风尘仆仆，手里拎着米面油，交给厨房之后，依次进入饭堂。每个人都恭敬地对着堂前供佛深磕三个头。一个接着一个，排着队，小孩，大人，母亲，姑娘，男子，老头。背着黄色的布包，包里丁零当啷的大兜硬币，随时准备供奉给经过、看到的佛。

看着他们虔诚地朝拜，我忽然眼眶红热，泪水滑落……

他们千山万水、不畏险阻地一路对心中的佛顶礼膜拜，求的都是什么？他们的愿望能实现吗？

寺内曾有一对木质的对联，上联是：世间重任实难挑，狮子林中，也好息肩聊倚石。下联是：天下长途不易走，兜率寺里，何妨歇脚漫斟茶。细品之下，不觉会心一笑。

离开兜率寺前，我们也奉上善款。不管我们的信仰是什么，甚至有没有信仰，对于这样一个安贫乐道、真正修行、礼佛的地方，算是奉上我们的敬意。

灵谷深寺

灵谷寺我每年都要去，但从未吃到过著名的素面。因为据说素面每日有定量，往往一早就卖光了。我去灵谷寺邂逅的都是壮美的黄昏和暗夜渐渐来临之前的那段幽微时光。私以为这个光景的灵谷寺最美妙。

灵谷塔上看日落

灵谷寺是东郊深处的一处优美灵动的所在。我喜欢让秋天的第一场郊游开始于此地。秋天的东郊实在太美，密林层层叠叠，颜色瑰丽丰盛。踩着夏天的尾巴在重阳节时去，登高灵谷塔，最妙。灵谷塔即国民革命军阵亡将士纪念塔，1933 年，由美国建筑师墨菲和中国建筑师董大酉共同设计建成。1949 年之后更名灵谷塔。塔高 9 层，螺旋式楼梯一共 252 级，一圈一圈地转上去，每一层都可以看到不同高度下的古都风貌。一开始是东郊茂盛的松柏古杉、百年梧桐，层层递进出浓墨重彩的绿意与一种渐进的红褐。过一个月再来的话，这景致就是泼墨般浓郁了。而现在，只是开始。继续盘旋而上，更广阔的画面出现在眼前。追着日光去看，眼下的古都在森林之外的盆地，夕阳正在慢慢西下，热烈的红光照耀着这座城市，那些高高低低、形态各异的楼宇显得迷离叵测，好像科幻片里的海市蜃楼。

城市笼罩在一层透明的薄雾当中，好像一层保护罩一般，仙气缥缈。随着日光西斜，渐渐隐入夜幕，华灯开启，忽然，古城由仙境变成狂野的魔幻之境，满城升起霓虹异彩，让人立刻忘记了日光。

我看得呆了。山里黑得更早一些，赶紧从塔顶下来。想在周围山野再晃晃，向东过小桥是座五楹的古建筑，名为“流觞厅”。由流觞厅向东南走是邓演达墓。想去看一看。然而只转瞬间，排山倒海的树影就暗了下来。这里不设路灯，山石路对脚并不友好。适时撤出，留黑暗给森林。一边走在林中，一边回味山林。

寻找萤火虫

紫金山是南京人的宝藏地带。夏天，这里隐藏着城市生活难得一见的美妙奇观：萤火虫创造的夏夜流光。萤火虫对环境的要求非常高，只有在植被茂盛、水质干净、空气清新的自然环境中，才能看到它们闪光的小身影。更重要的是，它们需要黑夜的保护，需要浓黑。哪怕是一盏路灯，也能让它们消失。虽然紫金山天然、人文的古迹都非常多，适合人们随时来欣赏，但是，一到入夜，全山暗灯，让植物、鸟类、昆虫们得以休憩。山中的夜晚满足了萤火虫的生存需求。灵谷寺的萤火虫已经形成一个特大而固定的种群。每年夏天“去灵谷寺看萤火虫”也是南京人很浪漫的约定。

某年夏夜，我参加“寻找萤火虫之越野夜跑”。黄昏时分跑进紫金山深处的灵谷寺，一路参天大树，嘉木繁荫，山林味道美妙至极，全部是负氧离子，洗涤身心。只是跑完一圈，也没看见一只萤火虫。小伙伴说，一定要最黑的暗夜，才能看到闪光的萤火虫。于是我们关掉头灯、屏住呼吸，慢慢走进灵谷寺韻泉廊下那条土路，走进夜幕降临的山野间。很快山路上便伸手不见五指，完全陷入浓黑。我连身边人都看不到，正惴惴，忽然，什么东西在我左边草丛里一闪，微小亮光拖出一条弧线。我兴奋地低语，“萤火虫！”定下心神，发现草丛里、泉水边、石壁上，一闪一闪慢慢升起许多小小光晕。有几点光晕调皮地晃在我眼前，仿佛有人在我面前点燃香烟。我下意识躲避后仰，又试图伸手去抓，但它们蹴地躲开了。我忽然很感动。浓黑暗夜里，萤火虫那即便是一点点的微弱光晕，也能为走在无边黑暗里的我们带来光明与心安。

哪怕能力微不足道，我都想像萤火虫那样，用尽全力发出光芒，以奔跑的姿势，在真相与唤醒之路上狂奔。

八月桂花香

当满城飘起桂花香的时候，我就想着又该去一次灵谷寺了。因为，灵谷寺是南京最集中的赏桂胜地之一，并且那里有一棵“桂花之王”。

其实“八月桂花香”之时，满城可随处观赏到桂花。我家窗外就有棵巨大的丹桂，让在厨房洗碗成为享受；单位门前有两棵茂盛的银桂，每年开花的时候香气飘到四楼窗口。人行道、小公园、城墙下，桂花的香味时隐时现，夜晚和雨后尤甚。南京啊，因着这些到时间就会开放并且散发标志性味道的花儿们来预报节气：腊梅开出黄色蜡质小朵儿，隆冬啦；石楠开出一树白花，那一言难尽的味道预示着春已尽！栀子花开，初夏啦；桂花盛放，美丽的秋天拉开了序幕……

据说南宋时，灵谷寺就开始种植桂花树了，民国时期又大量种植了一批。1993 年灵谷寺全面扩建，再次植桂。而今灵谷桂园占地已达 1700 亩，有金桂、银桂、丹桂和四季桂四大类、约两万株桂花树。从万工池到灵谷塔长达 300 多米的“桂花隧道”，盛放的那些天去晃悠的话，古寺那个盛况想一想就是“闻着黄色的香味儿”，不知道如何形容才好。

在无梁殿后的小广场，金陵有名的“桂花王”有它自己的专属领地。树高 6 米多，主干直径约 1 米，树冠阔十来米，树龄在百年以上。每年我都是主要来看望它的。踏出无梁殿，循着香味去，找最丰满那棵，哎呀，不用找，就圈起来不给近身的那棵树，就是桂王啦。据说这个桂花王原来在梅花山顶的观梅轩中，由于长势甚跋扈，挤占了周遭的树木，成了“独树一帜”。干脆，让梅花归于梅花，桂花去它的领地吧。于是，在灵谷寺为它专门开辟一方天地，围出一个花坛，并立一块金色牌子，上写：金陵桂花王。周围不种其他的树了。它不负众望长成了巨大蘑菇头的“桂花王”。每年农历八月，人们会根据桂花王开得好不好来判断这一年桂花的长势是否丰盛。桂花王开出满树金黄色小香花儿的时候，人们围着它看，好像一群迷妹——我是其中之一。

满城桂花香，人间好时节。

灵谷寺的宝

灵谷寺算是纪念馆与寺庙合二为一的景区。非常有看头的是无梁殿。原本也属于寺庙，1928 年，国民政府在灵谷寺原址上兴建民国革命阵亡将士公墓，1931 年无梁殿被改为公墓祭堂，名“正气堂”。后来，抗日将士也集体立碑于此。

无梁殿建于明朝洪武十四年 (1381 年)，殿中供奉无量寿佛，被称为无量殿。它非常独特，整座建筑内部成巨大圆弧状，全部用砖垒砌，没有木梁、木柱，所以又谐称“无梁”殿。殿堂非常高，两侧有高高的大窗，阳光铺洒下来的时候，照见一部分空间，静静无人之际，显得非常寂寥，似乎能听到回声。寺内建筑大多毁于清军与太平军的战火，仅这座砖结构的无梁殿幸存。

灵谷寺旁有一汉白玉赑屃，上驮一碑，据说这块碑是谭延闿的墓碑，上面原有蒋介石的题书。后来原碑文被磨平，现在那碑上著名的“灵谷深松”四个字是陵园管理处第一任处长高艺林摹乾隆笔意题书。这碑非常讲究，顶上、四周都有复杂雕刻，古意十足，很美很美。好多人以为真是“乾隆御笔”呢！

灵谷寺最初是南朝梁武帝为纪念宝志和尚（济公的原型）而建的开善寺，松风阁西边的宝公塔和三绝碑即源于该寺，石碑因后世有吴道子作画、李白作诗、颜真卿题字，所以名“三绝”。可惜后来塔与碑皆毁，清同治时复建，三绝碑现在嵌在塔身上，字画已模糊，附近的志公殿后还有一块清晰的新三绝碑。然而总归是“此物可待成追忆”了……

灵谷寺中还有著名的功德泉水。明代张岱在《夜航船》“泉石”里提到“八功德水”，“一清、二冷、三香、四柔、五甘、六静、七不噎、八除病。北京西山、南京灵谷，皆取此义”。战乱期间，这里的功德泉慢慢荒废。北宋年间，史馆学士兰陵肃公访求到八功德水所在，买了八块石板，在泉眼四周立壁建井，并建亭其上，以保“灵源之甘冽”。此后，八功德水就成了井水形式的存在。清朝，灵谷寺一带又成为清军与太平军激战的战场，素负盛名的八功德水再遭劫难，如今只剩一壁井栏。

灵谷寺的素面现在是网红。而且每日限量供应，要早来排队才行。这个——就随缘吧。毕竟，灵谷寺，这么一处正气与仙气同在之地，吃不重要。还要来很多次呢，来得次数多了，总会吃到的。

鲁迅读书处

是在一次参加金陵读书会的活动时，发现这个地方的——鲁迅读书处。

中山北路 283 号物资大厦大院内，进门右拐，就看到一座两层楼的西式建筑，门口有醒目字体——鲁迅读书处。整幢建筑有明显的民国风格，青砖外墙、红砖铺地，分上下两层。这幢小楼曾经是清末教育建筑的遗存——清末江南陆师学堂附属矿路学堂的德籍教员楼遗址。鲁迅曾于 1898 年 11 月至 1901 年 11 月在此学习和生活。1982 年，这里被列为省级文物保护单位。

2011 年 4 月 29 日，这栋被南京市政府确立为重要近现代建筑的百年老楼二楼起火，导致整栋楼过火，由于发现早、扑救及时，无人员伤亡。但是老楼被烧得只剩下残垣断壁。

后来经过重新修缮后，正式对外开放。尽量保留了原来的小二楼格局，楼内不仅设有关于鲁迅的各种展览，还开办了 24 小时自动图书馆，同时也为社区居民增设了活动空间。社区还聘用了鲁迅研究专家、南师附中语文特级教师徐昭武先生任鲁迅楼首任顾问。

在那次读书会上，我有幸认识了徐老先生。他是一位鲁迅研究专家。对鲁迅在南京的四年生活如数家珍。对鲁迅楼的前世今生也了如指掌。说起那次起火事件，他扼腕叹息。他带我们参观了鲁迅楼的设施，介绍了鲁迅展览里面各种照片里的故事。

当年，17岁的鲁迅，怀揣着母亲东拼西凑出的8块大洋，坐船来到南京下关码头，来上一个洋务学校。因为这所学校不收学费。鲁迅那时家道中落，没有余钱支持他继续念书，而他又不愿意学习经商或者做大户人家的“幕僚”。于是只有考进这个不要学费的江南水师学堂。鲁迅在《呐喊》自序里有一段话，回忆他在少年时代离开家乡到外地求学的场景，“有谁从小康人家而坠入困顿的么，我以为在这途路中，大概可以看见世人的真面目；我要到N进K学堂去了，仿佛是想走异路，逃异地，去寻求别样的人们。我的母亲没有法，办了八元的川资，说是由我的自便；然而伊哭了，这正是情理中的事，因为那时读书应试是正路，所谓学洋务，社会上便以为是一种走投无路的人，只得将灵魂卖给鬼子，要加倍的奚落而且排斥的，而况伊又看不见自己的儿子了。然而我也顾不得这些事，终于到N进了K学堂了”。这里的“N”，指的是南京；这里的“K”，指的是设立在南京的江南水师学堂。

江南水师学堂成立于清光绪十六年（1890年），在南京依然有迹可寻，在中山北路 346 号，盐仓桥广场。这是座造型独特的牌楼，颇为引人注目。灰色的西洋巴洛克建筑风格的门楼，呈圆弧形，圆弧状的立面均匀分布着 10 根装饰门柱。在牌楼正中顶部设有斜向两侧的层层退台，共有 5 层，其上装饰有具有动感的曲线旋涡花纹。牌楼正中辟有一个拱形门，门上刻有“海军部”三字。整座牌楼看上去虽饱经沧桑，但苍劲有力，它站在那里，肩上有茂盛的绿色攀藤植物覆盖，经历岁月洗礼更显庄重威严。

江南水师学堂，是两江总督曾国荃于 1890 年创办的洋务运动中最早的学堂之一。中华民国成立后，这里改名为海军军官学校，直到 1925 年停办。1928 年，国民政府在此成立海军部。1949 年后，这里成为中国人民解放军华东区海军学校。自 1970 年起，为中国船舶重工集团第七二四研究所所在地，直到今天。

1898 年 5 月，鲁迅考入该学堂管轮班就读，是因为鲁迅的叔祖周淑生在水师学堂任职。此时正值戊戌维新高潮时期，学校等级森严，门户之见极深。鲁迅对此极为不满，在后来的回忆录中他说：“总觉得不大合适，可是无法形容出这不合适来。现在是发现了大致相近的字眼了，‘乌烟瘴气’，庶几乎其可也。只得走开。”不久，鲁迅因为体育成绩不好，又出言讽刺了一个教员，受到了学堂的严厉处分，他愤而退学。

同年，鲁迅转而考入江南陆师学堂附设的矿路学堂。矿路学堂是 1890 年由张之洞创办的江南陆师学堂附设学堂，这个学堂仅招过一次生，收了 24 名学生。入学考试分初试和复试两场，都是作文章，复试的题目是“不以规矩不能成方圆论”鲁迅以优异成绩入学，17 岁的他，是学堂中年龄最小的学生。

矿路学堂仿照德制，课程除德文之外，有格致、地学、金石学、算学、地质学、矿物学、熔炼学、地理、历史、绘图、体操等。学堂聘请了三名洋教习，还专门盖了洋教习楼。

与在水师学堂的情况不同，鲁迅在矿路学堂学习认真，表现优秀。当年学堂为鼓励学生的学习积极性，规定每星期作文一次，凡获得第一名者赏三等银牌一个；每月一次月考，名列第一者赏三等银牌一个。同时规定，四个三等银牌可以换一个二等银牌，四个二等银牌可以换一个三等金牌。鲁迅是矿路学堂唯一用银牌换过金牌的学生。毕业后更由江南督练公所派赴日本留学。

鲁迅在这里度过了充实愉快的三年求学时光。他上课之外，常跑到夫子庙去买书。在《朝花夕拾》的《琐记》中他写道：“看新书的风气便流行起来，我也知道了中国有一部书叫《天演论》。星期日跑到城南去买了来，白纸石印的一厚本，价五百文正。翻开一看，是写得很好的字，开首便道：‘赫胥黎独处一室之中，在英伦之南，背山而面野，槛外诸境，历历如在几下。乃悬想二千年前，当罗马大将恺撒未到时，此间有何景物？计惟有天造草昧……’哦！原来世界上竟还有一个赫胥黎坐在书房里那么想，而且想得那么新鲜！一口气读下去，‘物竞’‘天择’也出来了，苏格拉第、柏拉图也出来了，斯多葛也出来了。学堂里又设立了一个阅报处,《时务报》不待言，还有《译学汇编》，那书面上的张廉卿一流的四个字，就蓝得很可爱。”

在学习期间，鲁迅到青龙山煤矿（今南京官塘煤矿象山矿区）实习，第一次接触到中国的第一代产业工人，矿工“鬼一般的工作”的凄凉情景，使得鲁迅对中国早期产业工人的悲惨生活有了最初、最真切的了解。

在这所学堂里，鲁迅接受新思想，探索新人生，并写下了“灵台无计逃神矢，风雨如磐暗故园。寄意寒星荃不察，我以我血荐轩辕”的激昂诗句。

近几年，我越发喜欢鲁迅的文字，也在上海、北京等地寻访过鲁迅的足迹。现在，在南京也找到了鲁迅读书处，对先生的了解更多了一些。他的人生轨迹可谓坎坷、波折，大起大落，但他一直有身硬骨头，是从不屈服的斗争者。

矿路学堂的这个遗址，后被称为“鲁迅楼”，也就是现在的鲁迅读书处。这里经常举办读书会活动。我在这里认识了很多南京本地的学者，都是资深读书人。在有些夜晚，我会骑着自行车，从中山路穿进去，独自在图书馆里看书到夜深，也是想近距离地感知鲁迅先生。不知怎的，总觉得先生强大的气场，在指引着我，要做一个澄明的人，更要做一个勇敢的人……

百年老站——南京西站的前世与今生

站在南京西站前的小广场上，第一眼就被巨大的树荫吸引住了。时至盛夏尾声，抬眼望向周围，蝉鸣不绝于耳，八棵巨大的梧桐树，枝叶繁茂，健硕粗壮，郁郁葱葱，层层叠叠。庞大的树冠投下大面积阴影，好像天然绿绒伞，将人们笼罩其间，下雨都不用撑伞。这几棵树都非常高大，树龄应该很长了。它们就是一片拥有能量气场的小森林，将南京西站温柔包围。置身其中，抬头看那舒展的枝叶间，西站旅客大厅优雅独特的长弧形窗户掩映其中，窗子里面，是熙熙攘攘准备在此停留或出发的旅人。虽然这是一座人来人往的热闹车站，却总带给我一种沉静安定的力量。

这座南京最古老的火车站，是一处特别的存在。整个站场是名副其实的“列车终点站”。在这个车站，可以看到铁路的尽头——轨道尽头。这个车站就代表一个终止符：到了。南京西站是老沪宁铁路的起点站和终点站，始建于1905年，历经3年，1908年完工投入使用，当时被称为江宁车站，是南京历史上的第一座客运火车站。1947年，国民政府对下关车站进行扩建。新的车站由著名建筑师杨廷宝先生设计，在原有基础上，增建了一座呈“U”形围住原车站的大楼，南北两翼为两层，西面主要入口设计成5孔13米高的大拱门通至大厅，非常气派。建成后起名“南京车站”，还是于右任先生题写的站名。1949年，南京车站曾遭到准备撤离的国民党政府的破坏，后来中华人民共和国政府拨巨款修复车站，命名为“南京站”。1968年10月，南京长江大桥通车，玄武湖北侧又建了一座火车站，定为南京站，而老南京站因处下关位置，又在南京市区的西部，所以改名为南京西站，并一直沿用至今。老南京人会直接称呼它“下关站”。算起来，半个世纪已过。

今天看到的主楼仍旧维持了原来的风格，奶黄色的高大拱门，“南京西站”四个大字高悬其间，闪动着历史的味道。

我大学毕业那年，乘坐上海到南京西的火车抵达南京西站。分配的单位也位于南京西站附近。从此与西站结下缘分。

每天清晨，我穿过南京西站去上班，会在站前小广场的书报亭买一份当日的报纸。清晨的西站车次不多，旅客也较少，梧桐树随着微风沙沙作响，好像在跟我打招呼。秋天是最美的，大片树叶恍若金橘色的无数小手掌，悬挂在树梢枝头的时候就好像擎着一整个饱满的秋天，飘落时则给大地铺上了一层彩色的地毯。路过西站旅客大厅，大门敞开着，一股“在路上”的行脚气息总是扑面而来。有时会有一阵子失神，仿佛会被大厅深处吸入，奔赴远方。这是一座有魔力的车站。

清早和黄昏都有铁路职工的交通车从西站始发和归来，很多人沿途下车去到各自的工区、班组、小站。一路哐切哐切、晃晃悠悠的那列绿皮小火车，从南京西站驶向中华门就要 50 多分钟。阳光透过老式的车窗洒进来，时光似乎特别缓慢悠长。后来，后来南京到上海，最快只要一个小时而已。时间好像加速度地在前进。

2012 年 3 月 24 日 22 点 17 分，最后一班 K161 列车从南京西发往厦门，次日正式停止客运业务，百年老站完成了它作为火车站的历史使命，定格在第 104 个春天。

20 世纪 90 年代初，我拎着行李，在南京西站下车，从此成为新南京人。我见证了南京西站最后十几年的变迁。在这里，我成为一名铁路职工，与南京西站朝夕相处。我在西站站房接过福建过来的夜车，相熟的列车员为我们带来香甜的柚子与荔枝；我从这里出发乘坐去北京的通宵夜车参加铁道部培训；坐始发车花 5 小时去上海游玩；从西站出发到浦口站坐长途火车去成都；看到南京西站到黄山的绿皮车前兴奋的情侣们在拍照……我见证了南京西站曾经繁忙的日子。后来铁路发展渐猛，列车提速，高铁兴建，新的南京站、南京南站势起，西站慢慢退出主要路线。我亲眼见证最后一趟列车缓缓驶离南京西站，那熟悉的站台即将被尘封，西站旅客大厅也将锁闭。熟悉的一切渐渐消失在历史长河里。南京西站，与我们的青春岁月有关，将永远存在于我们心灵深处。

1921 年元月 1 日，孙中山由上海到南京就任中华民国临时大总统，便是经过这个车站进入南京城的；1927 年北伐军攻占南京，军阀孙传芳从这里逃离；1927 年，打入国民党调查科的中共地下党员钱壮飞得知有人叛变，立即派人乘坐当晚 11 点由西站开往上海的特快列车去报信，帮助周恩来等党的重要领导人避开围捕、及时脱险；1946 年 6 月 23 日，在全国范围的反内战运动中，民主人士马叙伦、盛丕华、雷洁琼等 11 人组成的和平请愿团在这里遭到国民党暴徒围殴，史称“下关惨案”；1949 年，撤退前的国民党政府准备炸掉车站，这里上演了惊心动魄的“保卫南京站”斗争……南京西站曾经历辉煌历史，而今将要进入一个新的历史时期了。

南京西站的标志性梧桐树还在，还是那华盖澎湃的样子。绿意婆娑的梧桐树特有的丰盛豁达让人心中平静而感慨。我与西站相互陪伴的时光虽然只有短短的十几年，相对于百年老站，真是转瞬间。然而每一年，每一瞬间，相对于小我来说，都是慎重而珍贵的过往。变数总是时时刻刻在身边的，不要强求一成不变的永恒。有些时候，变化才是检验生命力是否顽强的试金石。变化也是前进路上的警示器。顺应变化，应时而动，将变化变为进步的方向，这样，也许会拓展出更为宽广的视野，去到另一个高度。

南京西站这所站场，同时也是一座具有非凡意义的民国老建筑。南京市与铁路总公司协商决定，南京西站站房和站台铁轨将被保留并维修建成南京铁路博物馆。这座曾有过川流不息人潮、无数趟列车驶进驶出过的百年站台，曾经见证了无数欢聚与分离的老车站，将以历史博物馆的身份，永远存在于南京人的记忆里。博物馆建成后，和邻近的原火车轮渡、中山码头、浦口码头、下关客运站候船楼等相关的民国遗存风格老建筑，将构成一组老南京新的历史街区与游览景点。

南京西站的前一百年，亲历了那些峥嵘岁月，如今，它将以新的身份继续见证下一个百年。记忆是不会消失的。这些刻骨铭心的记忆，将化作另一种方式，守卫这座城市前行的脚步。很荣幸，我们是大时代的见证者，更是参与者。而未来在来、已来。

牛首山与养老院

春天的时候，婆婆住进了一间民营的医养院。这家医养机构坐落在风景秀丽的城市南郊景区祖堂山，这片山麓与牛首山似断若连，遥相呼应。有茫茫竹海，且古木参天，空气极为清新。开车行驶在大路上远远就可看见“南唐二陵”的标识牌，拐进去，直面整个山坡，好多小白房子层层叠叠点缀在茂盛山林间，不知道的还以为到了高档别墅区。山下是宏觉寺，一直处于“兴建”的状态，每次去都多了点什么，这次是一排房，下次就是一栋塔楼。有一次，看到红色标语牌上写着：“临终关怀房出租”……

再拐一个弯，就是南京市祖堂山社会福利院。进大门要登记。福利院在山脚下。医养院在山上。往山上慢慢转弯、上行。山路修得很好。有一处岔路口，一边禁行，据说有个军事单位。往另一边一脚油门上到顶，医养院的白色大楼前是一处石板平层，停好车。我下意识去看那两棵高大的古木——南京椴，有三层楼高，树冠整齐，枝叶茂密，这叶子就伸展在婆婆所在房间的窗口，叶色深绿，呈三角状卵形，边缘有短尖锯齿，清风拂过，曼妙生姿。

之所以叫南京椴，是因为在南京首次发现了这种树。它们非常稀有，曾一度濒临灭绝，只在紫金山和栖霞山有少量留存，各在 10 棵左右。后来竟然在牛首山的分支南祖堂山发现了一大片南京椴群落，数量足有百余棵。婆婆窗前的这棵就是其一。据说还有一棵在祖堂山北部山坡中间的一块枯石之上，粗壮高大，估计树龄要在 200 年以上。

适逢秋日，山上漂亮极了。树叶是层层叠叠的大地色系。婆婆正睡好午觉，准备跟病友们一起下楼坐坐。我让她穿件外套，坐上轮椅。婆婆看看我，“你还穿着短袖啊”！递给我一个保温杯，“人家给我的金银花鲜花，我新泡的，喝，下火”！我说，“您怎么知道我上火啊”！喝一大口，一股清新的花的味道。我做出享受的样子，仰头灌下咂咂嘴，我们嘻嘻哈哈下楼，停好轮椅，婆婆扶着我的手臂练习走路，路过祖师洞，又让我进去拜。

婆婆住的医养院是民营，是集医院、康复、疗养于一体的专业疗养机构。很多老年人在这里养老，也有不少年纪不大但是无法自理的人在此康复治疗。收费比较高。而山下的“祖堂山社会福利院”是一家隶属于南京市民政局的社会福利事业单位，以前是南京著名的精神病院，现在是江苏省示范性养老机构。

院区内还保留着幽栖寺遗址和祖师洞、月牙池、虎趴泉等遗迹，这家医养院就藏在“古董”中。

幽栖寺是当年“南朝四百八十寺”中早期的著名庙宇，始建于南朝刘宋大明三年（459年），距今已有1500余年的历史。与山下的宏觉寺遥遥相对。如今只有僻静的遗址。但祖师洞还经常有人在里面放些苹果、鸡蛋糕之类的贡品。每次婆婆都让我进去拜拜。这个石壁挖出的山洞，黑乎乎的，静静待一会儿，才渐渐看见小小石头供桌对面，盘坐着一尊石佛。有时候也挂画。附近村民或者医院的工作人员一直有来关照吧。据说唐太宗贞观年间（627—649年），高僧法融禅师在此山北崖洞穴中修行，得禅宗四祖道信嫡传心法，创立了禅宗的一个支派“牛头宗”，被称为“南宗第一祖师”。幽栖寺为牛头宗的发祥地，亦被誉为南宗祖堂，由此改名祖堂寺，曾经是一座宏伟的寺庙。据《金陵梵刹志》记载:“明代祖堂寺内主要殿堂有金刚殿、天王殿、佛殿、千佛殿、观音殿、华严殿、水陆殿等。除观音殿为三楹外，其余各殿均为五楹；另有三层十五楹禅堂、二层十楹斋堂及五楹厨库、茶寮各一座。寺院基址占地240余亩，田地山塘500余亩。幽栖寺在明代还管辖着附近的几座小刹。寺前并建有一座无梁殿及回廊、渡桥等建筑。”晚唐光启年间（885—888年），寺废。

婆婆中风后，康复治疗在此进行。她腿脚麻痹，每次我来，都让我带她走台阶。台阶分好几段，经过银锭桥、月牙池、水井等古建筑。我会惊呼，“婆婆快来看，这月牙池子里流着几千年前的泉水哎”。然后婆婆蹒跚着拖动腿脚，笑我，“早就不是当年的水”！“可以泡金银花！”“那得煮熟！”

我仰脸往山上看。这里松柏森森，竹海茫茫，古泉淙淙，景色幽僻。山麓延绵，与牛首山连成一片，有芙蓉峰、拱北峰、天盘岭、伏虎洞、神蛇洞、太白泉、长庚池、拜经台等诸景。不过，住在这里的居民恐怕不太关心。

婆婆 80 多岁了。她说，到了她们这个年龄，随时可以离开，不存在留恋与遗憾什么的。如果还执念过多，那就是还没到走的时候，那也就走不了。这里面没有那么多人间修行、哲学佛学，本来就是这么回事。

我觉得婆婆天真又睿智。

这周围的山上，好多好玩的地方。春天的时候，婆婆提议，我们去爬牛首山吧！我说好啊。从婆婆房间的西窗，可以远望牛首山山顶的金色佛顶宫。牛首山是佛教名山，也是牛头禅宗的发祥地。南京人有“春牛首，秋栖霞”的民俗。春天去牛首山踏青是善男信女的保留节目。

母亲节这天，我们将婆婆接出来，推着轮椅上的婆婆，一起爬上了牛首山。在那条上坡的路上奋力前行的时候，婆婆对我说，以后的路，都是爬坡路，要做好准备。但是，那条路上啊，花儿开得正艳，鸟儿一路鸣叫。春的气息一点不输任何地方。终于到了山上的观景台，我们一起俯瞰着山下整座城市：这曾经是六朝古都，经历风霜雨雪、沧桑巨变，却从未被击倒，而是愈来愈强盛庞大，并且，正以摧枯拉朽之势继续勇猛向前。

我们都是这座城市中的一员，感受到了它不屈而坚定的信念和勇气。婆婆凝视着这一切，脸上泛起久违的笑意来。

先锋的先锋书店

1996 年的某一个秋日的周末，我从太平南路的太平商场晃荡出来，不知什么时候开始，下雨了。临近年底，越来越冷了。天空暗沉，雨云标志明显。此刻秋雨丝丝，寒风吹过，地上的落叶一片一片像是镶嵌在湿漉漉的街道上似的。我最喜欢雨，并不怕被淋湿，这毛茸茸的雨丝更像一层薄雾笼罩在天地间，完全不影响散步。我沿着太平南路信步走着。太平南路曾经是古代的出版中心，在明朝，南京先后有 100 多家书坊，其中有 60 多家在太平南路到三山街之间的区域。这里有一间著名的古籍书店，是我每次来太平南路，都会去看一看的地方。

走过圣保罗教堂，看见对街一个亮着黄色灯光的门面，特别扎眼。灯光映出黑色楷书：先锋书店。

这是我与先锋书店的第一次邂逅。小小的门面，但感觉很有气势。“先锋”这个词非常有劲，似乎有点骄傲，但是作为书店，在爱书人的心里，又很愿意折服于这样的引领。我踏进书店。

书店很小，十几平方米的样子。木质书架紧密排列，有不多的几排，但书非常多，而且，书的品质很好，不是一般街边书店里的盗版、言情或者教辅书，是社科、散文、哲学类。我迫不及待地翻看起来。在最里面的桌子后，很挤逼的一个角落，坐着一位男子，戴着金丝边框眼镜，小平头，手里拿着一本书，他看我一眼。他的位置，刚好可以看见每一个进来店里的客人，但他本人又不是那么醒目的存在。店里有另外一位男士，这会儿正拿着本书走过去跟他说着什么。店外的小雨继续淅淅沥沥，天已经黑了，路灯亮了起来。寒风轻轻扫进来。店里是暖黄的白炽灯，空间狭小，并不温暖，有一点潮湿。我将书插回书架，紧一紧衣衫，决定下次再来细看。

这是我第一次逛先锋书店。此时先锋书店应该是刚开业，那个眼镜男子，就是书店主人钱小华。镜片后面一双热气腾腾的眼睛，微微往前探出的上半身，给我留下了深刻的印象。

等到我将先锋书店作为与朋友们约会的一个据点的时候，它已搬迁到了广州路上，小有名气，离南京大学很近。两层楼的布局，书的种类更加丰富，品位更加高雅。附近的学生亲切地称之为“南大的第二图书馆”。

周末去先锋书店，已经成为我们的一个日常活动。跟文艺女友很久见一次，大都选在这间书店。见了面先不寒暄，去选书，一人盘踞沙发一角，埋头看起来。这间可爱的书店，有好书、沙发和纯净水，简直就是天堂。一直要看到大家都肚子饿了，才心情愉快地出来。去一间物美价廉又干净暖和安静的所在，解决肚子问题和聊天。通常，这个地点是离书店不远的麦当劳。我们仍旧延续在书店里的话题，一边吃，一边聊聊最近都在忙什么，写了什么类型的东西，看了谁写的书，有什么样的灵感敲门，有什么样的困惑需要思考。女友总是说有太多的想法没有时间实现，“用哪一种方式来表达我内心想诉说的东西最为合适，一直是我思考的问题，觉得自己需要学习的东西太多。可时间不够……”女友有很强烈的表达欲望——坎坷的经历、孤独的日子、无法超越的现实，对这一切，女友豪爽地说，磨难是上天给她的礼物，是想让她把这一切写下来，让其他的人都看见，与有相似经历的人共鸣。

分别的时候还意犹未尽。我们交换自己刚才在先锋书店买的书——两个爱书人，只肯借书给对方。互相叮嘱要记得联系，约好下次见面的时间。地点就不说了，还是先锋书店。

翻看以前的日记，经常会出现先锋的记录：“周五与蓝去了先锋书店。这个以‘大地的异乡者’自称的民营书店，除了经营书籍，还开辟了个小小咖啡吧，也在柜台卖文创产品、本子与布袋等。间或还有读者沙龙、作者签售。越来越丰富了。”

“今天在先锋参加了一位‘80 后’作家的新书发布会。对这位作家不是太熟悉，但是来参会的有作家苏童和《钟山》杂志的主编、《新华日报》的编辑，想来是明日之星。”

“女友约我一起去先锋参加新年诗歌朗诵会。很多人，都打扮得很诗人的样子。好热闹。”

“在先锋碰见了店主钱小华。他好像跟我朋友很熟悉，非常客气。不住地向我们推荐书，把书页翻得咔咔响。”

第二次再见到钱小华，他已经是很出名的先锋人物了。先锋书店搬到五台山一个巨大的车库改造而成的店面，车库在地下，门头是石灰墙砌起来的硬朗的堡垒，春天的时候满是绿色藤蔓缠绕。风景独特。店里有一个专门的“店主推荐书籍”专区。店主的品位非常先锋，本本好书。我和朋友在翻看这个专区的书的时候，忽然听见一个声音传来，“这本书很好的，在德国获奖的，我们书店是第一批引荐的”。一位男士拿着一本厚厚的哲学类书籍，直接递到我眼前。我一抬头，是钱小华。他戴着黑框眼镜，穿白衬衫，小平头。镜片后的眼神，一如既往的热烈。

这位先锋人物，没事儿就在他的书店里面转悠，自己看书、给读者推荐书，不认识他的人面对他的热情也许会有些错愕。好在大家都是爱书人，也不以为忤，有时还热烈探讨起来。他成为他的书店里一个神奇的存在。

在他的努力下，先锋书店已经开出好几家分店，新街口的东方商城地下二层、夫子庙书店、新城市广场龙江店……一时风光无限。

但随着网络书店兴起，有几年，先锋书店经营出现困难，关掉了好几家分店。有段时间，就只有五台山的总店在支撑。我们这些老读者也开始网络购书了，我有他们家最大力度的折扣卡：7.5 折。可是网店已经经常性 5 折售卖图书了。但只要去，我们也会现场买书，为先锋买单。

然而先锋就是先锋，先锋使尽浑身解数，愣就是拼出一条独特的路来。它开始多方面尝试，以学术、文化沙龙、咖啡、艺术画廊、电影、音乐、创意、生活、时尚为主题，搭建起“开放、探讨、分享”的公共性平台，为读者打造“建筑之元素、宗教之情结、人文之关怀的书店阅读空间”，吸引了众多国内外读者的聚集。南京市政府也非常重视这个民营的书店，给予了一系列政策扶持。

2013 年，CNN 专题报道先锋书店，赞称它为“中国最美书店”。2014 年 3 月，它被英国广播公司 BBC 评为全球十大最美书店。2016 年 3 月，美国《国家地理》评选出全球十大书店，南京先锋书店入选，是亚洲唯一入选书店。再后来，先锋书店成为南京一个标志鲜明的名片，并且四面开花。在南京博物院开了新生活书局、在中山陵景区策划了永丰诗舍、在颐和路开了颐和书馆、在老门东开了骏惠书屋、在总统府开了文史书店。还有夕佳楼民国书院、玄武湖诗歌书店、玄武湖虫子书店。几年间，先锋诗人之家、安徽碧山书局、桐庐云夕图书馆、陈家铺平民书局、厦地水田书店、无锡惠山书局……先锋书店的足迹已经开挂到真正先锋的山水田间。它跨越城市和乡村，山野和岛屿，为

“大地上的异乡者”提供更多精神驿站。

2020 年，新冠肺炎疫情期间，书店也经过了一翻生死存亡的抗争。实体店在 1 月 24 日就关店了。但先锋的本质仍旧闪耀。书店开展了一系列线上线下的自救，他们在公众号上开了微店，开展“店主盲选”活动等，跟读者保持连接和互动。这个时候，先锋不是一个人在战斗，而是一群爱书人的战斗。有一位爱书人，在遥远的广州，买下 20 份“店主盲选”来支持先锋书店。这样的铁杆读者不在少数。先锋书店此时已不只是书店、不只是钱小华 1996 年开的“先锋书店”。它成为一个象征，一个理想的表达方式。先锋人，也不只是指书店的经营者，而是一股爱书、爱人间、充满希望的力量。彼时此刻，我们都是先锋人。

2021 年，先锋书店迎来崭新的天地，4 月 17 日，第一届先锋书店诗歌奖在新开业的先锋汤山矿坑书店举行了颁奖典礼。这是一场全国范围的诗歌盛宴，丁当、于坚、万玛才旦、毛焰、韩东、余秀华、鲁羊等知名诗人、作家、艺术家出席了颁奖仪式。先锋书店，已经是真正意义上“先锋”的集会地。

关于未知，先锋书店创始人钱小华如是说：“这是一个不确定的年代，这是一个未知的世界，未知代表着机遇、改变和希望。在未知的世界里，我们把诗歌当作我们面对困难的勇气，用诗之火焰点燃书店的每一个角落。”本质上，先锋就是一首诗歌，是一首一直斗志昂扬的诗歌。

走过广州路，经过随园那个十字路口。春天里，空气中飘散着新鲜的树木花草的芬芳，女孩们早早穿上了好看的长裙子，莺莺燕燕的笑声让春天美妙极了。先锋书店五台山总店的入口处，永远有大批人在拍照、留影。这是世界最美的书店啊。进得大门，长长的走廊，两边布满各种分类的书籍，尽头的墙壁上，黄底黑色楷书繁体的“书”字，25 年如一日，没有变过。大地上的异乡者，在诗意地栖居，也在坚守着信仰。

春天在南京城看花花

春天转瞬即逝，在清明前后到达最盛，这时，整个南京就是个香气四溢的花花城。心痒痒的，计划要赶着去看的花是那么多，已经焦虑如何才能及时看得到、看得过瘾、看得尽兴。这是多么奢侈而“凡尔赛”的焦虑啊。

南京人的春天，仪式颇多，都跟花有关。诸如去梅花山赏梅，算得上是南京人的开春序曲。梅花盛放的那些天，南京基本上万人空巷。而最经典、人们必去的梅花山不负众望，云蒸霞蔚，色彩饱和完美。每一棵花树下，都有一堆拍花的“长枪短炮”，还有一堆姿态各异、兴致勃勃的妙人儿。而花下这些摆着各种姿势的人儿，都艳艳丽丽、喜喜庆庆，真是花团锦簇、人花合一，释放着一股终于离开严冬、不再憋屈了的开心到飞起的劲儿。

每年我也必去梅花山走一趟，说是去看花，其实，也是看人。曾经觉得到处是人很烦，但随着世事经历渐多，渐渐知道“人气儿足”是多么可贵。看着争奇斗艳的花海和人海，深觉只有岁月静好，才会有欣赏花儿的人——虽然，花儿开放并不是为了被人欣赏。但人有赏花的兴致，才说明这太平盛世好。

农历二月玉兰花立枝头，一般白玉兰先开，紫玉兰和粉白渐变的二乔玉兰稍微滞后。阅江楼下城墙边那一大片玉兰树是每年春天我去探春的点儿。总会一板一眼跟同去的人解释“辛夷花不是玉兰花哦”，女友好脾气地说，“你每年都跟我科普。知道啦！来，跟我拍张合影啊”！每年都能跟同一个朋友一起看阅江楼下的玉兰花并且拍照留念，真是一件幸运的事啊。

抬头看高大的玉兰树开花，如温香暖玉。低头看，一片一片蓝色小蝴蝶翻飞，二月兰俏丽茁壮地开出花海。南京经典的二月兰欣赏地是南京理工大学。简直如武汉大学的樱花一样出名。其实，这种草本四瓣儿小蓝花到处都有，生命力强悍，在贫瘠的土地也能肆意生长，从初春一直开到暮春。季羡林老先生曾经这样描述它们，“只要有空隙的地方，都是一团紫气，间以白雾，小花开得淋漓尽致，气势非凡，紫气直冲云霄，连宇宙都仿佛变成紫色了……”嗯，是自得其乐的花、任性的花。我在紫霞湖的沿途，也看见了盛大的二月兰花丛。真如季羡林先生所说，跳脱的小花仿如大片蝴蝶群，片片点缀山林间。它的存在，预示着春天的进程。

3月，全城期待的是古鸡鸣寺那条路上的樱花。几场春风带来升温，樱花说开就开，再来几场春雨，樱花说落就落。那时这条路上飘起樱花花瓣雨，不亚于枝头繁华时的美丽。人们从四面八方涌来这条百米长的樱花道，将车行道、人行道都挤得水泄不通。仲春三月，气温回暖，人们脱下厚厚冬衣、换上轻快漂亮的春衫，女孩们迫不及待地穿上了裙子，穿着古雅汉服的男女也比比皆是。人人仰头望着树梢上盛放的樱花，迷醉樱花雨中。其实，此时全城的樱花都开放了，赏樱的地方绝非仅有鸡鸣寺这里，但是，人们就是要拥堵在这条古老的路上。有网站定时播报鸡鸣寺的樱花开放情况："2021 年 3 月 19 日，鸡鸣寺路上的白色大岛樱开始飘落，粉色的染井吉野樱花却开得正盛"，"据 3 月 27 日消息，一场风雨后，鸡鸣寺路上的樱花凋谢过半，晚樱开始绽放，樱花季已近尾声"。晚樱又叫八重樱，大团重瓣的深粉色，开在淡粉的樱花后，非常特别，是不容忽视的花树。有的花枝累累坠坠，走过树下，要低头拨开一树花枝，感觉特别美妙。八重樱盛开，也标志着，樱花季结束了。

沿着北京东路，转弯到鸡鸣寺路上，路口有一个石牌坊，上书"古鸡鸣寺"。这个石牌坊很有点意思，据说是"张冠李戴"了。这个位置本是晚清古建筑"千仓山馆"牌坊，曾经被毁，20 世纪 80 年代进行了重建。因为没有留下照片，过往的人们只看到过那牌坊，并没深究过写的是什么字，因为在鸡鸣寺路口附近，就直接写了"古鸡鸣寺"。牌坊设计者是东南大学建筑系教授杜顺宝，参照了明清时二柱石牌坊的样子，古色古香，成为鸡鸣寺的标志路牌。赏樱之后，人们会再去这座古寺敬香祈祷一下，出来往北，可以从解放门进入玄武湖，继续游春。这条赏春的玩耍线路太美妙了，满足了各个年龄层人们的游春心愿。所以，每年“去鸡鸣寺看樱花”绝对不止字面的意思。

樱花盛大唯美。我是若干年前，在一个3月的雨夜发现的。那时我刚在东南大学的小礼堂听完一场南方二重唱的演唱会。那两位女郎奔放爽朗的歌曲，我几乎每首都会唱，小小礼堂人不多，都是同道中人。台上台下交流互动安静又热烈。两位歌者分享了她们的歌唱历程，台下有全国各地来听歌的男女。我边上一位沉默的男子被问到时说，从兰州专程赶来。歌者在小小的简陋的舞台上凭着两把吉他，纵情高歌，台下的我们跟着旋律一起合唱，是一个难忘的夜晚。

演出结束，人们走出礼堂，并未上演“追星”戏码。都是稳重的中年人了。夜已来，下起潇潇春雨。空气湿润，并不很冷。我没打伞，步行去北京路、鸡鸣寺对面等车。华灯初上，在等车的路边一抬头，就着一盏暗黄路灯，一大棵盛放的樱花照亮了我的双眼。粉白花团团叠叠挂满高大伸展的树枝，间或落下的细雨带下翩翩花瓣洒落在我的身上与脚边，那一刻的心情真是惊艳又感动。时光穿梭，樱花在雨夜盛放，给我无限的柔情与鼓励。

自此，虽然春天的樱花到处都那么可爱可亲可见，但唯有北京路上、鸡鸣寺那里的樱花，最具意义。

雪白的梨花也一大树一大树地盛开了，有人以为是樱花。但不是，梨花与叶子几乎同时出现。而樱花是先开花、后出叶子的。浦口过江通道一出来，宽阔道路的两边间插种植着梨树与紫荆。3 月底参加浦口女子马拉松，沿途都是雪白梨花与艳丽紫荆花相伴。梨花盛放的时候，也正是莫愁湖海棠怒放的时候。莫愁湖因此也迎来汹涌人潮。花友住在那附近，她发微信给我："吃饭的时间，人较少，可来。"西府海棠和垂丝海棠是最多的品种，一树一树地低着头，是西洋红胭脂粉色，娇嫩嫩的。海棠属于落叶小乔木，是木本植物。梨树是多年生落叶果树，乔木，长得比海棠高大。苏轼写"一树梨花压海棠"，暗讽、明刺的不用考虑，真的是梨树比海棠高大得多，两种树在一起比对，就像是梨花在俯视海棠。只理解字面意思，也是活泼的白描呢。

小桃园的桃花也开得热烈，曲曲折折地沿着护城河一路南下。我常在小桃园夜跑。跑步的时候赏花觉得有点浪费。花儿这么美，就应该穿着裙子，戴着纱巾，化好妆，与花争艳地拍照。我一边沿着河岸奔跑赏花，一边想着，他们说，南京还有个桃花岛，大片桃花林美出天际，我要去啊！继而又想，活在当下，小桃园的桃花是陪伴我此时、现在这个春日傍晚的良伴，要珍惜。

绣球公园真的种满了绣球。暮春 4 月木绣球开始蠢蠢欲动。有段时间，每天下班我都多走一站路，专门去穿过绣球公园看花。此时是木绣球盛放的时节，树上大朵大朵的白色花团，让人不由自主地为它停下脚步。南京好多地方，如崇正书院，或者午朝门，都可以邂逅曼妙的白色木绣球。而五颜六色的绣球花则是栽种在路两边的花盆里，要到初夏时节开放。它们是两种不同的植物：木本植物木绣球是树，草本植物绣球花也叫紫阳花，可长出五颜六色的花团，5 月将迎来它们的盛放期，那也预示着，初夏到了。

“荼蘼不争春，寂寞开最晚。”清明细雨后，蔷薇花开。4 月颐和路非常优雅，可以去看从庭院里扑出街面的蔷薇花墙，顺便浏览一下民国建筑群，在先锋书店坐一坐。古林公园的牡丹花在 4 月正是盛花期，1992 年起，这里就是中国第三大牡丹花基地，国色天香，值得隆重打扮去赴一场花之约。沿着古城墙和内秦淮河步行道行走，可以看见水边高大漂亮开着妖娆粉色花的泡桐，粉紫色的小喇叭攀着高大树枝，成串成串指向天空，姿态曼妙极了，让人词穷到只能用“美树”来形容啊。路边小区的栅栏上盘绕着大片紫藤花，水边葱郁的灌木丛是春天的小号手——开满黄色小花儿的迎春花枝浓叶密……

其实雨花台的梅岗有一片颇具形式美的梅花林，林子不大，但配合周边曲折回廊，赏花成了一件非常雅致的仪式。先进“访梅亭”，再去“问梅阁”，然后在“寒香轩”闻香，最后沿着曲廊走近梅花林，这才算正式开始赏花。这一套流程好似一个故事的开场一般，别致的迎春。不输梅花山。

欣赏樱花，玄武湖的樱洲也不能错过啊，那里的樱花树高大无比，花枝在天空舒展蜿蜒，会让人有魂不守舍的激荡之感。

莫愁湖的海棠固然如梦如烟，情侣园的海棠也颇具规模，不必拘泥。

春花在古都四处肆意开放，每个人都有自己心中的赏花线路，那里面烙下了自身的故事与记忆。春天是赏花季，随时随地，开启我们的眼，走动我们的腿，你在哪里，花花们也在哪里。

春天到处都是花花草草。虽然夏天也会有很多花，但春天的花不一样。春天的花，开得特别用力，特别认真。都说一年之计在于春，春花们身体力行着，要开好这个头。

南京城的夏天

1

夏日再次来临，每一年都不会错过。但人类却每一年都大呼小叫，“呀，好热啊”“啊，今年比去年热啊”“啊，百年不遇啊”……夏天心想，切，这帮忘性十足的地球人，我哪年没来？哪年放过你们的？不由得越加再用白花花的日头藐视地球一下子……这是我想象的。我们真是“好了伤疤忘了疼”的典型，难道各位过过不热的夏天吗？

的确，每年夏天都会来，每次都会留下不同往年的特有的记忆……

抬出电风扇，就预示着我的夏天来了。闭上眼睛，感受一下一挡的微微凉风，脑海里突然放起电影来，想起在老城南旧式宅院里度过的夏天。特有的潮湿的、带着常年烟火气的家居味道，在老巷弄间窄窄的青石板路口迎面撞上来。丰满白皙的南方小姑娘，踩着“哗啦哗啦”响的趿拉板，带着我，走过七拐八绕的老街巷，去看她的女同学，一个同样雪白粉嫩、长得跟她有点像的豆蔻年华的少女。这俩姑娘刚刚放学才分手，吃罢晚饭就又惦记上了。在小路边一个简易低矮的木头窗前停下，姑娘们互相用莺莺燕燕的南京话搭讪上，门里跑出一个活泼泼穿着短布裙子的姑娘，将我们引进家里。挤逼的房间，到处装满杂物，一张小床是姑娘的容身处，不远的小厨房里飘出香极了的煮菜的气味，阿姨伸出头，热情地用南京话招呼我们，“呀，是外地来的姑娘啊，留下来吃晚饭啊……”两个姑娘应声答复着，然后互相拉着手咬耳朵，咕噜咕噜地笑着，好像几年没见了。她们语速很快地说着什么，表情异常丰富。我这个“外地来的姑娘”听不懂她们在说什么，只觉得声音好听，婉转地好像在唱歌。另外，两人皮肤真好啊，真是能拧出水来般的水嫩啊！问及缘由，姑娘们笑得娇嗲，“我们这里有梅雨季，湿润啊”！就这样随便倚着房门、坐在床边，完成了细细密密的对话，隔着窗户跟一额头汗水在小厨房里操作的阿姨道声再见，闻着一路的浓郁菜香味，兜兜转转又上了长干桥。这个南方姑娘长得漂亮极了，鹅蛋脸，雪白面皮，一双弯弯月牙眼睛，16 岁的姑娘，完全成人的丰满的身形。她趴在石头桥栏上，若有所思地看着桥下的流水。两岸星星点点的灯光已经亮起。纳凉的人们也端着小板凳，摇着蒲扇走出家门，在河两岸展开夏日晚间休闲时光……很久后，夜色已浓，姑娘才与我一前一后地下了桥，往家返了。

彼时的我，是纯正北方姑娘，瘦、高、干巴巴。第一次在南方过夏天，对南方的一切，都好奇极了。每天不停出汗，空气像被黏起来似的。一直光脚穿着趿拉板，第一次去井边冲个脚，差点被看着绿油油似草坪的可爱苔藓给滑断腿。蚊子似乎专门叮我，咬得我发起了高烧。婶婶专门为我赶制夏天的裙衫，因为我从北方带来的厚重衣服压根不能穿——会热死的！南方的姑娘婀娜多姿，巧笑倩兮，我好生羡慕。她们的心思也细密，真的似雨巷里走出的丁香。

这一年夏天，我见识了突如其来的雨，没完没了的巨大声量的蝉鸣，枝叶参天伸展似大幅绿云朵般的梧桐树，一树一树盛开的夹竹桃和紫薇，满城都弥漫着一股混合着树香、花香、蚊香、樟脑丸、雨腥味儿、食物味的复杂气味。不论看着多么简陋的屋瓦间内，都能烧出色香味俱全的好吃的菜，鲜、香、酥、烂、嫩。每家都重视吃，每位主妇都是大厨级别的人物，一到饭点儿，家家都能捧出具有自家风味特色的菜来，令我大饱口福与眼福。大龙虾、咸鱼烧肉、粉蒸肉、狮子头、盐水鸭、水八仙……茨菇烧肉成为我永远的所爱，蟹壳黄烧饼是饭桌上必备的点心。我婶婶是典型的南方娘娘，白白的，丰盈的，总是带着含蓄的笑容，不卑不亢、不远不近的。她是厨房高手，随便什么菜她都能炒得满屋飘香，会做各种复杂的菜式。我在那个夏天，被喂得膘肥体胖，爸妈差点认不出我——人一胖，皮肤也白了，神态有点讪讪的，似乎羞涩、疲倦。在北方人眼里，我成了那个别人口中的“南方姑娘”。

2

等我变成北方人口中的“南方姑娘”的时候，我已经基本适应这南方潮湿、高温混合成“蒸笼”的夏天。到南京这座底蕴深厚的历史名城，也是我父辈的故乡来生活，盛夏是最大的考验。经过小时候的热身，成年的我已经预见到身体会有的种种不适，也体会到更多南方夏季的美妙之处。雨季开始，属于春夏交织的那种黏腻缱绻的香气开始在城市蔓延。陆游的“小楼一夜听春雨，深巷明朝卖杏花”简直就是一幅跨越时空的现实白描。伴随着雨季的初夏，那些放在圆圆竹篮子里、被老妇人拐在胳膊上、盖着湿布在卖的白色香花：栀子、茉莉、白兰、玉簪，馥郁芬芳。我每天买一对用小铁丝穿起来的白兰花戴在胸口第二颗扣子上，若隐若现的香味贯穿在忙碌的汗味里。这点细腻的南方情愫令我感受到作为南方女孩的小心思。天气太热，女孩子们也被弄得花容失色。还是要漂亮。于是一起去选真丝料子来做裙子。真丝料子就像另一层皮肤，穿在身上即便汗水浸了，仍旧是透气的，不闷。然而“陈丝如烂草”，上一季再美的颜色，几水之后也泛色陈旧了。但仍旧舒服，我舍不得扔掉，心灵手巧的姑娘帮我剪掉肩膀部位，变成吊带裙子，我就当成家居服一直穿一直穿。盛夏酷暑中，会突然来一阵倾盆暴雨，淋得一身湿漉漉后，太阳又火辣上线。小伙伴们半湿半干，撸一把脸上水渍，嘻嘻哈哈踩着水洼结伴去买西瓜，互相打趣，“烧烤”变“蒸煮”啦！

黄昏时分，少男少女们骑着自行车沿着鼓楼那条下坡呼啸而过，去和平影院看电影。打头的少年光着膀子，圆领衫搭在一边肩上，压低身子想让自行车速度更快。他瘦而黑黝黝的膀子在夕阳下发着汗光，我心里咯噔一声。

这个夏天吃了很多夜间的路边摊，总是觉得饿，穷得不行。坐在自行车后座上，屁股硌得生疼，却总觉得自己伸出去的脚丫很悠闲。台风过境的时候，一个女友不问生死要去给男朋友送热汤——她亲自煲的排骨海带汤，第一次呢，用宿舍里那小小瓦数的电炉煲了好几个钟头。我不让她去，外面狂风暴雨，树都刮倒了。单位电线路都在检修，大家都上线路啦！不要去，不要去。我这样劝她。她非去。披着雨披，蹬着自行车，迎着风雨。然后，水淋淋地回来了，雨披也没了，汤罐子也不知道摔在何处。这么闷热的天忽然与我谈起苏轼的《寒食帖》，苏轼在倒霉的时候写的这诗，这帖子，是在寒冷的季节不准生火只能吃冷食的日子记下的蹉跎岁月，最后旷世了啊！“春江欲入户，雨势来不已。”女孩镇定自若地冒出两句诗，然后，将湿衣服呼噜一下褪光，随手一甩，扑倒在床上，拉过一条毛巾被，胡乱蒙住脸，埋头苦睡……那男孩早喝过别的女孩煲的汤了。我知道。夏天太热，变化太快，不适合浓烈感情的紧密保持。因缘际会，我倒是好好研究了一下《寒食帖》。

那是一个重要的夏天，后来也有很多重要的事发生在夏天，都是由那个夏天引起。人要想成长起来，就是一激灵的事。我们一下子就不再是“傻白甜”的少女状态，哗啦一下进入现实。现在看来，不知喜悲。

3

这个夏天是闰六月，据说要连续高温 40 天，我却不觉什么苦。夏天嘛，就要热啊，就像冬天当然冷。比起以前，现在避暑的手段多得很。空调是一个让人欢喜让人忧的物件，让我患上了难搞的热感冒。念《寒食帖》的密友曾经送我一把高淳羽毛扇，每个夏天都扒出来用。圆圆的、软绵绵的扇感，最外圈毛已秃掉。扇出的风温柔而凉意十足，秒杀一切电风扇，不知什么道理。我常常左手羽毛扇右手 iPad，一边紧张地观看侦探剧，一边紧张地扇风，跟随跌宕剧情，觉得忽冷忽热……又联想到很久远的某个夏天，住在一间没有空调的房间，买了好几本阿加莎·克里斯蒂的侦探小说，看得寒意四起——阿婆的书，绝对是夏日良伴。

夏夜漫长，我爱上了夜跑。跑过夜晚熏蒸的街道，跑过纳凉的人群，跑过烧烤摊，跑过正在整治街道、围挡中的中山大道。城市的夏天，不论如何热火朝天，总有种挡不住的慵懒与松弛。这是我喜欢夏天的原因。耳机里放着鬼故事，是我自然降温的好方法。跑到玄武湖边，经过高温白日的烧烤模式，傍晚的玄武湖隐隐蒸腾着水汽，似乎就要沸腾。9.5 千米的环湖线是市民锻炼的适中距离。年年岁岁湖边都是喧嚣的各类人群。玄武湖，白天黑夜，看尽人间悲欣交集。

夏天其实有很多妙不可言之处。例如，火辣辣的黄昏时分去跑紫金山。上山的路，腿都抬不起来了，压根没去注意浑身滚滚的汗水，只一个劲儿地往上攀爬。到了山顶，冒烟的嗓子被一瓶矿泉水滋润，跑友们的鼓励让我充满战斗的激情，下山时脚下如飞一般，越跑越勇。汗水流进眼睛嘴巴，我甘之如饴，跑得酣畅淋漓之际，一眼瞥见山间壮美的落日景色，火烧云已变温柔“鸭蛋黄”。跑衫也能拧出水了。真正奔跑起来，也完全不再顾忌热或者冷，只有奋勇向前进。

现在的夏天，过得与以前有所不同，很有归属感。怎么说呢，很笃定。再也没有那种“夏日大雨中要出门去送一碗汤给心爱的人”的动荡感——是的，那不是一种温馨，而是动荡。自那个夏日，密友绝口未再提故人。眼见着就修长成熟起来，骑自行车沿着鼓楼大下坡去学各种专业课，很快就考到其他系统去做她擅长的工作去了。“差点没肯去呢！”她曾经笑着说，“觉得离开你们很不舍……”我知她心意，回道，“幸亏去了”。两人相视而笑。现在的我们，时不时会约着一起闲散一下，坐在咖啡馆靠窗的皮沙发上，看着外面炎炎烈日下的尘世男女，感慨着饮下大杯装的星冰乐。

高温下，穿着裙子稍微干点活儿，一会儿就“前胸贴后背”，一片片濡湿的痕迹。是以都不穿素色只穿花的，这样就不觉得难堪了。人人被蒸出一脸油汗，脸孔基本啥也不涂了，汗水下来会成花脸吧，但是还是有人擦着 BB 霜、粉底，画着口红和胭脂，穿窄裙与高跟鞋……我深深觉得这才是王道女子的所作所为：无论何时何地，保持自己的步调。而我的步调，大约是混乱吧。饶是混乱着，也不失是愉快的。乱七八糟的穿着，当街啃着即时破开的西瓜，一边撸串一边豪饮冰镇啤酒。热得要命，挺尸式瘫在地板上却不开空调，谓之“冥想”。走在路上，忽然雷雨倾盆被淋成落汤鸡，索性高歌一曲淌水回巢，好像回到少年时。这些放肆，都只能在夏天啊！所以大家汗流浃背的该干啥还干啥，在毒太阳下奔波着讨生活，嚷着热死了、晒死了，然后喝下大瓶冰镇可乐、雪碧、百香果、自制酸梅汤、橘子汁、乌龙凉茶、加冰梅酒……这个夏天，会因为这些糖分充足的饮料而胖上三斤，抵消流出的汗水。

已经开始享受夏天。

等到秋风秋雨忽然袭来的时候，才会怅然若失：原来，盛夏已过……

不会纠结那些酷热、黏腻、汗水，只会怀念夏天。好像怀念青春。然而夏天还会再来，青春不会。太好了。因为青春——还是怀念着就好。

雨花台的春夏秋冬

我曾经住在雨花台对面十年之久。雨花西路 16 号。过马路，靠左走 50 米，即可进入雨花台的正北大门。

雨花台，是南京城南的一座美丽的山岗，曾经是城南制高点。从公元前 1147 年泰伯到这一带传礼授农算起，雨花台已有 3000 多年的历史了。自公元前 472 年，越王勾践筑“越城”，雨花台成为江南登高揽胜之佳地，在木末亭上，可以遥看整个南京古城。据说岗上曾经遍布五彩斑澜的石子，又称石子岗、玛瑙岗、聚宝山。因为特殊地势，这里成为历代兵家必争之地。东晋豫章太守梅颐曾在此抵抗外族入侵，抗金名将岳飞在此痛击金兵，太平天国天京保卫战，辛亥革命讨伐清廷，抗日战争的南京保卫战，都曾在此掀起连天烽火。雨花台经历了峥嵘幽暗的岁月，因此有了自己独特的气场。

1927 年的一段岁月，这里成为国民党杀害共产党人的行刑地，使之蒙上了一层悲壮的阴影。中华人民共和国成立后，政府出资在此建立雨花台烈士陵园，由著名建筑大师杨廷宝教授主持制定了雨花台陵园的总体建设规划方案。2000 年以来，雨花台重新布局了中心纪念区、名胜古迹区、雨花石文化区、雨花茶文化区和生态密林区，种植了大片茶园和各种树木，并且逐渐免费开放给市民。一靠近雨花台，小森林的感觉扑面而来，负氧离子丰富，这里已成为南京城市里的氧气库宝藏地。

我经常在里面跑步，园里的绿化在 90% 以上，夏日里面温度都要低 2 摄氏度，因为是个山岗，园子里面上坡下坡还是要点力度，非常适合练腿。道路两边是高大的杉柏，春天，浓荫将天空都遮蔽起来。秋天，树叶的色彩让人着迷，有玉色、明绿、赭红、棕黄、暗绿、茶色、古铜色、橙色、咖啡色、大象灰……全是温柔浓烈的大地的表白。盛夏时节，铺天盖地的绿叶，外面的风再大，到这里也只是略过树梢，微起波澜。树叶“哗啦哗啦”一下一下将风声送远，树下的辰光安静悠长。午后在此漫步，好像被拖拽到另一个空间。有时，跑着跑着，我会停下来，一边大口呼吸，一边插着腰，仰头看那将天空遮蔽了的巨大的树木的枝叶，那浓郁的绿意，也温柔地回瞰我。汗水都蜿蜿蜒蜒流到头发里了，有被轻轻触摸的微痒，我咽一口口水，自己能听到喉咙发出很响的“咕噜”一声。周围静谧极了。

我非常喜欢这里。有时间就会来，有时拿一本书坐在树荫下的长椅上发发呆。也喜欢在里面到处逛荡。跑步也有好多条道路可以选择，上坡、下坡，跑到纪念馆后面再下来，绕去生态园，或者直接走中轴线，斜插下去……总归可以刷出 10 千米。

春天的时候，到梅岗赏梅。从正门进去，往左手行进，梅岗掩映在雨花台的东边，又称“东岗”，是为纪念东晋豫章太守梅颐而建。史上记载：东晋初期，胡人压境，都城南迁，豫章太守梅颐带兵抵抗，屯营于此。为了纪念梅颐将军，后人在岗上建梅将军庙，广植梅花，遂称为梅岗。到明清时，这里已形成梅海，与钟山脚下的梅林成为南京东郊、南郊两大赏梅胜地。梅岗的梅花林，林子不大，但颇有形式感，配合周边曲折回廊，赏花成了一件非常雅致的仪式。首先，进到“访梅亭”，再去“问梅阁”，然后在“寒香轩”闻香，最后沿着曲廊走近梅花林，这才算正式开始赏花。这一套情节好似一个故事的开场一般，是别致的迎春。

东边还有著名的“木末亭”，是清金陵四十八景之一，“木末风高”说的就是它。它位于雨花台东岗之巅。古时登临这里，北可远眺钟山，西能遥望长江，向下则可近俯古城金陵，是一处登高揽胜之地。木末亭始建于明代，现在的亭子是 20 世纪 90 年代重修的。“木末”二字，最早见于屈原的《九歌・湘君》，意为高于树梢之上。在木末亭畔，还有泰伯祠、南宋杨邦乂剖心处，有明代大学士方孝孺墓，有海瑞祠、曹公祠遗址等，“木末风高”也有盛赞历代志士高风亮节之意。底台十二块石刻线刻了清朝“金陵胜景”及“木末亭记”。日寇侵占南京时在木末亭原址上修建了钢筋混凝土的碉堡，90年代该亭在复建时，设计师巧妙将之包含在内，不仅保留了日寇侵占南京的罪证，现在还成了一个仓储之地。

二忠祠、南宋抗金英雄杨邦乂剖心处、方孝孺墓、辛亥革命人马冢……在东岗石阶上上下下，到处是故事。雨花台见证了太多历史的刀光剑影和国恨家仇，难免让人唏嘘。有一年跟着一个读书小组细细走过一遍梅岗，听老师讲解这里曾经发生的那些风云往事，深觉“岁月静好”的人生，是奢侈的人生。要好好珍惜。

梅岗深处，还静静立着一块特殊的石碑：明太监义会碑，全名叫“南京司礼监等衙门太监等官义会碑”。这是太监们为自己立的碑，是明代太监们互助为自己留下的最后的收身之处。他们都是没有家人的人，大都是贫苦的人，谁会为他们办理“后事”呢？这些畸零人自己组织了一个“协会”，专门为他们这个群体办理身后事。他们筹钱一起买了这块墓地，死后就葬在这里。时隔600多年，汉白玉材质的碑身上，碑文字迹仍旧可辨。那一个一个名字，都是一个一个凄凉的人生。

秋天的时候，图图约我出来喝茶。她说，我们去看秋叶。那天并不是个好天。阴翳，雾蒙蒙的，水汽十足。我们踌躇了一下，还是决定见面——虽然在一座城市，可也很久未见面了。她开车来接我，穿过半个拥堵的城市，避开热门的景点，到雨花台赏秋。我带了简便的帆布小桌椅，她背着个大号保温桶，还仔细地用麻布包了两只小小的工夫茶杯子。我俩就提溜着这些，信步穿过公园，右行，向上漫步。拐弯，经过一处有亭子有水又有树木的小景致，大呼“好看好看，停下吧”。这一处，是雨花台的雨花茶文化区，旁边有个雨花茶博物馆，周围种着雨花茶。亭子里面也可以喝茶，但是外面的感觉更好。于是，我们把帆布椅子摆放稳当，将前面有点嶙峋的大石头当作茶桌，布好茶杯，从巨大保温桶里，倒出两杯热热的大红袍来。在见面之前，她仔细地用小茶壶泡了一泡美味的大红袍，一浇一浇慢慢灌进保温壶。我想说，那滋味一点不打折，葡萄酒般的色泽，醇香浓郁极致。心意十足，令这一壶茶，满嘴生香，回味无穷。那天虽然不是晴空万里，但一点不影响树木层次分明的从绿到红，梧桐与银杏均开始泛着或浓或淡的黄色。大自然的黄色竟然有那么多不同的规格！紫枫也兴致勃勃呈现出枣红与喇嘛红，新抽条的则是嫩嫩的鲜红。远远近近，错落有致，真是色彩浓烈的秋天。帆布椅子还带着靠背，我俩品着茶，交换着一些对最近发生的事情的看法。我穿了吉普赛风格的绿色袍子，她则让我看她新置的美靴，又一起研究了一下 BB 霜的牌子……时间飞逝，好像没多久天就黯下来了。也只来得及喝完了这一壶茶。收拾回去，她送我到地铁站，相约要再来喝茶，她说，换个秋天新上市的雨花茶。然而，这个约会一直也没有实现。珍惜一期一会……

夏夜，雨花台里九点就熄灯了，萤火虫星星点点在灌木丛中摇曳。野猫也会出来。雨花台的夜晚时光呈现出不一样的样貌来。

我曾经约了女友来瑜伽。两人背着瑜伽垫，从西门进入，穿过雨花茶园，信步往雨花阁的方向去。是夏末的天气，雨花台里已经阴凉。下来时，晚风吹过，万籁寂静，一轮圆月倾泻下来，照亮光洁的柏油马路。我俩一边走路，一边说着悄悄话，激动的时候，忽然提高嗓门，有时又哈哈大笑起来。月光如水，秋虫轻鸣，园子里有股树叶的清香味道。园子里的路灯调得很暗，是为了鸟儿们的休息。我俩各自提醒“嘘”，捂着嘴笑着。到了雨花阁，仰头看那高高的台阶，月色下似乎更高了。两人二话不说，一路小跑上去，气喘吁吁到了阁前，雨花阁锁着，我们就在前面空地上铺开瑜伽垫，就着那晚圆月的亮光，做拜月式的练习，一直到大汗淋漓，躺下冥想。那晚的月光特别亮，还不到满月，可能也快了。有月晕，云朵时不时挡住一点，很快又散开。雨花阁静默地立在我们身后，据说这里是当年云光法师讲经说法的地方。两个女孩什么都不怕。

后来的我俩经历了人生很多事件，但，我们无所畏惧，勇敢向前。

雨花台西边是很多市民喜欢来游玩的地界。种植了更多的矮小灌木，有亭台楼榭和宽阔的空地，还有简单的体育器械。早晨很多人在小广场这边遛鸟、打拳，也有人跳舞、聊天、打牌下棋。这里的人们是自得其乐的，是另一种闲适的氛围。有一年下大雪，南方罕见。我们约着到雨花台看雪，那雪啊，厚得淹没了膝盖。整棵的松柏都被雪裹起来了，西面这片园子整个平了一般，往里面一扑，人就陷进去了。我们不知道怎么开心才好，躺在雪铺上打滚。男伴忽然脱光了上衣，“呼哈呼哈”地大叫着抡圆了衣裳扔向天空，光着膀子往雪里扎，好像游泳似的……雨花台啊，保留了我们许多的欢乐记忆。

每年纪念日，雨花台烈士纪念碑前都会铺满鲜花。这里是一处时空交错的所在，一方面令人缅怀，另一方面，曾经的刀光剑影，换来了如今老人的安逸散步、孩童的快乐玩耍。犹记得四五岁的小侄子从山岗上冲下来扑进我怀里的样子，雨花台在他的记忆里，是春游、秋游的地方，是到姑姑家来就会去逛的大公园。在这里，他告诉姑姑，那个歌谣：“迎春花，开黄花，它们是春天的小号手。”

第二章 >>

漫步

MAN

BU

朝天宫的周末

很好的艳阳天。逛朝天宫。

南京的朝天宫据说是江南现存规模最大、保存最完好的一组古建筑群，古代称冶山，这边还有个老小区叫冶山道院，挤挤挨挨的 20 世纪 80 年代老房子，有点突兀地跟皇宫掺杂在一块儿。幸亏周围全是成荫的高大古香樟，将古建新筑都掩映起来。朝天宫现在也是南京市博物馆所在地，1956 年被评为江苏省文物保护单位。

这里有个古玩交易市场。以前还有凌晨的“鬼市”。来自全国各地的古物爱好者，麻袋背着、板车拉着大堆宝物，在黑乎乎的凌晨，集中在朝天宫附近，铺开个塑料布，将林林总总的物件一字摆开。有些器物还裹着泥巴，东西真假难辨，大家就摸黑打眼，也没什么声音。懂行人之间握着手就讨价还价成交了，不懂行的类似我这样，在旁边看看热闹，也是有意思。这里面有玉器、铜炉、字画、茶壶、砚台、古珠……很多古色古香的东西。如果不是很贵，喜欢的，也不论真假可以买来把玩。有一次，我看中了一块糖色的玉蝉，50 元买的。还有一块几乎碎裂开的蝙蝠玉器，有种岌岌可危的美。因为残，20 元。回家，放在太阳光下照，清浅绿色带着褐色斑纹，翅膀那个位置有裂纹，好像随时会灰飞烟灭。

现在这里的周末仍旧热闹。好像更热闹了。摊位扩大了，在仓巷那边还有更高大上的店铺，但是还是小摊子更具人气儿。很多很多的小摊子席地而摆，上面是密密麻麻的“宝贝”。主人来自全国各地，以北方人居多。周末在这里摆摊，政府不收钱的。所以，一传十,十传百，朝天宫的周末就愈加著名起来了。

我沿着小摊一家一家地转。看见珊瑚珠串，把玩一下。看见银质的砚盒，上面雕刻着读书郎，很喜欢，问价，不在我预期范围，搁下。看见各种造型的美丽的玉，也不知道真假，但很可爱。转个弯，看见一个卖瓷器的小摊。有位衣着干干净净的老者，蹲在地上，用放大镜仔细看一个有残缺的青花瓶子。摊主也不撺掇，在一边吃着简单的盒饭，就着一小瓶二锅头。那老者轻声说，“要了”。两人也不谈价格，一个随手打包，一个摸钱包。是很多年交情的老顾客了，互相知根知底，已经是朋友的关系了。

我跟在一边看了半天，那位老者说，“看，这个纹路，跨越时间啊！好东西”。我不明所以，但频频点头。

再走，看见很多盒子，那种古代女子放细软的木盒，铜扣子有点锈，边角也包了铜片。颜色是一种奇怪的橘红。问价格，天价。

常听到朝天宫的传奇，诸如一位经营字画的朋友曾在这里以80 元的价格购得一把制作精细的茶壶。壶上描绘着金鱼彩金图案，有“拥护民主专政”六个字，壶盖为五角星形，壶把巧妙地由斧头和镰刀的形状组成，瓷质细腻，造型大方，被淘瓷爱好者认为是“红军瓷”，估价在万元以上；还有一位收藏家以 300 元购得一块清代砚台，其红木砚匣成南瓜形状，上面雕刻的瓜叶子十分巧妙，专家说仅这匣子就值 3000 元了……

我逛了半天，觉得什么都好看好玩，然而不得要领。不甘心，买了一对骆驼骨的纸镇。一块写“牧”，一块写“童”，画形态各异的两个骑牛小童。开价 150 元，我还价 40 元拿下。

然后进朝天宫博物馆，去好好看了一堆真古董。

真真假假，都挺有趣的。嗯。

临近中午，吃了简单却不含糊的老太皮肚面，继续在周围逛。这回，想去仓巷看旧书店。

仓巷在朝天宫正前方，北起建邺路，南接升州路。仓巷不长，清香满街。道路两边种植高大茂盛的香樟树，若逢雨季，或者盛夏，会散发特别优雅的香气。这里在过去被称为“八爪金龙巷”。据《南京市地名录》载：“相传，明太祖朱元璋的军师刘伯温在此投铁链于井内锁住苍龙，后百姓称之为仓巷。”传说一天朱元璋到朝天宫巡视，见万仞宫墙上有影子在晃动，仔细一看，是一条八爪金龙在张牙舞爪。朱元璋大吃一惊，心想：“我乃当今真龙天子，此龙出现，莫非又要出个真龙天子来夺我大明江山？”遂寻计于军师刘伯温。刘伯温是大舆地家。他到朝天宫一看，真有一条八爪金龙潜伏在朝天宫前的巷子里。他决定采用“七二地煞之法”镇住这条金龙。在八爪金龙巷打上 72 口深井，算给金龙打上了 72 个地钉。又在安品街挖百丈深井，垂下一根又粗又长的铁链，称之为“锁龙井”。同时将八爪金龙巷改名仓巷，取意“龙井仓，从此亡”。在南京，与朱元璋有关的传说真是很多。

现在的仓巷里这八爪巷子也都还在——朝天宫为龙头，升州路为龙尾，仓巷两侧的八条里巷为龙之八爪，分别为：东止马营、牛首巷、丁家巷、七家湾、朱状元巷、月牙巷、木屐巷、安品街。这些古街上还有一些保留下来的老宅邸，虽历经岁月侵蚀，仍能看出当初的辉煌。例如，在木屐巷有个“祖宗阁”。这个老宅是清道光年间的，有 180 多年历史，是一座典型的江南穿堂式院落，屋主王姓人家已有四代人居住在此。据其后人介绍，其祖上乃安徽人士，于清晚期迁居于此，做草绳生意致富。在这三进院落的最后搭建了祖宗阁，虽历尽沧桑，仍旧被保存了下来。祖宗阁是传统的儒家文化祭祖的地方，这里曾供奉有 200

多个王家的祖宗牌位，足见此家族当时的财力之雄厚和人丁之兴旺。还有个逃生门隐藏在房屋背后，混乱时代可防盗贼侵袭、避祸逃命。

王家旁边的大宅门是个“斜门”——木屐巷5号，也是传统清式建筑，一说为旧时的湖南会馆，一说为太平天国某小官所有，现为民居。宅院北向开门，里外门框的角度不一样，斜向东北15°。红漆门扉上书“善仁事业、兴茂经营”。据说是因为大门对着朝天宫，龙气直袭，为避其气，于是把门的朝向略作调整。

在仓巷里面绕来绕去，可以看到好多老南京留存下来的事物。著名的龚家大院已经破败，但保留下来了精致的绿色琉璃窗。现在里面住的一位老人家是个榫卯手工艺传承人。他做的所有物件儿都不用一根钉子。上次我去找他买凳子，看见他做的一个微型小桌子，手掌那么大，好精致的，想要。老人家很不好意思地说，桌面是粘上去的，不合他只用榫卯的规矩。又给我看他新做的一个长宽形矮凳，给我比画：“小时候我们就是坐这种板凳啊，下雪的时候把它翻过来，在凳子腿上绑上绳子，一个人坐里面两个人拉着，滑雪。哈哈。”老人家说得眉飞色舞：“这种板凳嘛越长越好，放得下屁股哎。”我忙抢下他新做的板凳，拎起来沉甸甸的。“好木头哎！”老头儿啪啪直拍凳面。

抱着好重的板凳，赶紧去旧书店转转，看得多买得少。但光是看那堆得一天一地的书籍古物就觉得很享受。这时候接到电话，升州路上的那家古书店“萃文书局”主理人、“80后”老板朱先生告诉我，我订的浙江人民美术出版社出版的三册《味水轩日记》到了，让我有空去拿。前段时间在熙南里大板巷举办了一个古书集市，好多作家、出版商、书店老板都来参加了。几家有影响力的古书店集体亮相，我就此认识了萃文书局的老板，看到很多绝版好书，觉得南京真是个巨大的宝藏地，宝藏书也多，宝藏人也多。

走古城门

南京，是座特别适合走路浏览的古城。满城皆古迹，满城都是历史。走不同路线，有不同故事。这次，我们暴走南京古城门。

南京现存的城门，主要始建于明代，开城门十三座，都与市内大街贯连，街道纵横交织，主次分明，井然有序。城门与城池构成了这座城市坚固的防御体系和便利的交通网络。朱元璋后来发现东郊的皇宫紫禁城离钟山太近，对军事防守不利，遂又下令修筑外郭城垣，又开了十八座城门，与原先的十三座城门分别称“里十三，外十八”。历经 600 多年的风风雨雨，现在保存比较好的有城南中华门、西北挹江门、城东北玄武门、城东中山门、城北神策门。至于外城墙和“外十八”城门，早已不在，单留下原城门名称当作地名了，其中只改了一处，即改姚坊门为尧化门。

“城门城门几丈高？三十六丈高。骑白马，带把刀，城门底下走一遭。”我们儿时吟过这段童谣。民间传有城门名字编串而成的顺口溜：“神策金川仪凤门，怀远清凉到石城。三山聚宝连通济，洪武朝阳定太平。”

从城北挹江门开始走，穿过小桃园，到清凉门，沿石头城看“鬼脸”。沿着古城墙继续，过集庆门，往中华门。完成一个西北环线的城门游。

挹江门高大英挺，在城北要道上，连接绣球公园和小桃园。城门上可沿着古城墙走上很长一段路，古意盎然。在城墙上边走边欣赏小桃园里的一段护城河，一溜烟就到了清凉山，那里有清凉门。

清凉山公园附近有国防园、鼓楼等名胜。石头城也在周围。“鬼脸”其实是一小段城墙。“山围故国周遭在，潮打空城寂寞回。淮水东边旧时月，夜深还过女墙来。”唐代诗人刘禹锡的这首《石头城》，说的就是这里。现在的石头城，是经过城市建设后焕发新颜的样貌。

循着古城墙，可到集庆门。在古城的城西干道上，现今它属于交通枢纽，连贯东西。这一片古城墙特别宽阔和完整，是南京著名的“古城墙马拉松”的主要场地，也是城南历史悠久的老门西古区。在这边的古城墙上，可以感受到600年前的盛况。

进了城门再往南，就是中华门。

中华门古时叫聚宝门，是南京现存最大的城门，远观中华门，恢宏的城堡还有往昔威严。走到中华门，城门南北向告一段落。可穿过长干桥，到雨花台休息歇脚。若意犹未尽，可往东郊方向，欣赏著名的中山门。

中山门，远远望去，雄伟而又壮观，有皇家的气魄。走近这座南京的城东大门，却感觉萧瑟。当年，南京保卫战在这里打响，中山门曾被轰炸损坏。如今城墙上还有弹孔凹坑，也可看见城墙上开出的机枪射击口，可以想象从那里射出的激愤的烈焰。如今，古木高耸，华盖满枝头。不远处的燕雀湖水清沙白，楼台树影，已无昔日护城河金戈铁马的痕迹。脚下沪宁高速公路上，车辆川流不息。俱往矣，古城门与古城墙仍旧结实，看尽人间百态，也算历史的见证。沿着城墙走进东郊，月牙湖、琵琶湖、前湖、紫霞湖，水环着墙，墙绕着水，相依相偎，紫金山与古城墙相看两不厌，古南京的风华一直正茂。

进玄武湖，看神策门。神策门又称和平门，是所有城门中唯一保留着民国以前镝楼的城门。这段城墙不长，直接连通到玄武门。神策门是南京明城墙中唯一的外瓮城的城门，城门上有清光绪年间重建的三开间重檐歇山顶谯楼一座，所以这里专门建了一个“神策门公园”，园内种植了好多美丽的樱花树。

一场城门游下来，见证了南京的历史，但觉时代沧桑，风流成败转成空。南京的明城墙已被列入中国世界文化遗产预备名单，日日与古迹相伴的南京人，性情均大气而不计较小事，骨子里都非常地酷。

沿河行

据说南京城里，除了秦淮河之外，还有 821 条河流。

立夏的早晨，鸟鸣声声，绿意浓浓。一帮古都故事的爱好者，相约着沿河走一走南京水系中的一段。

西安门遗址公园西侧，有一座三拱石桥，这就是始建于明初的玄津桥。当年明代官员们大都要经过玄津桥到对面的西安门入朝，可谓是见惯达官贵族的尊贵的桥啊。现如今在桥的东南侧还保留着一小截原始桥栏，经过岁月洗礼，依旧可见莲瓣与宝瓶的纹样，寓意着“出入平安”。而桥下的河流，则是开凿于五代十国时期的杨吴城濠。

杨吴城濠是短暂的杨吴政权在金陵城开挖的一条东护城河，距今已有 1000 余年历史。它东接青溪，西连外秦淮河，形成完整水系，改变了金陵城之前的水系格局。南唐时期，进一步修建，使之与运渎汇成一体。南京史学者薛冰老师在《南京城市史》中写道，彼时的金陵城，“向东开凿一段新城濠，自干河沿经北门桥至竺桥，而东合于青溪”，被称为杨吴城濠。

如今桥下沿着河岸边修建了沿河绿道。两岸有南唐前主李昪、中主李璟、后主李煜的雕像与人物介绍，并且画有一整幅《韩熙载夜宴图》。南京真的是很豪的历史名都，藏于故宫博物院的国宝，随便就被画在河岸墙面上，诉说一段千年之前暗藏玄机的家宴盛会，从一个侧面讲述了南唐当时的政治现状。画中的故事后来还被写成了一个悬疑小说，搬上了话剧舞台。

我们的沿河行，就从玄津桥开始。看了“国宝图”，研读了一路描刻在两岸墙上的南唐二主的凄美诗词。不久又看到四位古人铜像，围坐桌边喝酒吟诗的样子，解说上说，是南唐著名词人冯延巳在“以诗会友”。这一带在头条巷附近，有中国现代著名历史学家、语言学家陈寅恪先生的故居。茅以升也曾经上过他家的私塾呢。

沿河继续向南，前面那座桥是复成桥，因明朝军火仓库复成仓而得名。这座桥在常府街，明朝开国名将常遇春就曾住在常府街上。这一段水域在居民楼中间，有个隐秘的明代御河水闸。继续往前，就到了白下路附近。在江苏海事职业技术学院的东北角，有个著名的“小姐楼”，主人是晚清重臣李鸿章的千金，也是著名作家张爱玲的祖母，她叫李菊藕。李鸿章在南京的住宅就在五福巷，人称“相府”，与“小姐楼”仅一墙之隔。是父亲对女儿的一个顾念吧。

沿着河道再继续往南行，至大中桥。这座桥原来叫白下桥，也有千年的历史。抗清名臣黄道周殉难于此桥畔，南京人为纪念忠臣，将桥改名为大忠，为避免文字狱，遂取谐音“大中桥”。如今流水清晰地映照两岸垂柳，一派葱茏景色。时不时有跑步的市民经过，也有遛狗的悠闲居民徜徉于河两岸。当年的那场惊天地泣鬼神的故事，只还有黄公绝命诗一首可窥一斑：六十年来是与非，翻翻复复少生机。老臣挤尽一腔血，会看中原万里归。

阳光渐渐热烈。初夏的风轻拂河面。一路沿河行，古都曾经的历史一幕幕显现，厚重与沉重并存。河水无言，流淌千年至今。今天的水与千年之前的水化学分子相同，却是完全不同的河流了。

河道蜿蜒，两岸高楼林立，树木与花草沿河生长。有曲奇高耸的泡桐，有浓郁芬芳的香樟，散发美妙的木本芳香。往西拐弯东水关出现在前方。至此，外城的淮河分成两个支流：一支经通济门入东水关，与杨吴城濠汇合，变成内秦淮河；另一支外秦淮河沿着城外奔腾着直奔长江。

“十里秦淮”的秦淮河说的就是这一段内秦淮河。这一段的故事更是精彩纷呈，香艳浪漫。沿着内秦淮走过东水关一带，美丽婉转的夫子庙地区到了，一直走到桃叶渡，此处，往北，到淮青桥。

这里是青溪与秦淮河的交汇处。青溪也是古今文人墨客留下佳话颇多的一段河流。著名的“邀笛步”的故事就发生在这里。宋代张敦颐在《六朝事迹编类》记载：晋桓伊善乐，为江左第一，有蔡邕柯亭笛，常自吹之。王徽之赴召京师（今南京），舟泊青溪侧，与伊不相识，令人谓之曰："闻君善吹笛，试为我一奏。"伊为作三调，弄毕，便去，客主不交一言。后名其地为"邀笛步"。桓伊与王徽之互相敬重，没有那些言语上的繁复敷衍，以笛相会，即表相知。这种恣意潇洒、不拘一格的互动行为，成了后来的文人心中魏晋名士风度的一个典型表现。

朱自清说，逛南京就像逛一个古董铺子。甚是。

青溪沿岸，有几棵枝繁叶茂的苦楝树，此时正盛放着粉紫色的小花，香味略略带苦，微风吹过，散发着卓尔不群的神采。

前方是四象桥，附近曾有个"小姑祠"，也有典故。汉末，秣陵尉蒋子文在此处因追逐盗贼，被贼所伤而死。蒋子文死后，他的妹妹小姑也投了青溪。人们为纪念殉兄的小姑而建了小姑祠。青溪小姑就是青溪河神。

经过淮清桥，沿着青溪，来到内桥。从淮青桥至内桥的河段就是现存仅有的青溪了。以内桥为界，东为青溪，西为运渎，都是六朝水系遗存。这一段水系也是南唐皇宫的"护龙河"。内桥旧名渎桥，是南京城中为数不多的南唐遗迹。《建康实录》记载，"赤乌三年（240 年），使左台侍御史郗俭监凿城西南，自秦淮北抵仓城，名运渎"。运渎是东吴转运粮草的一条水路交通线。东吴时期，粮草通过长江，上溯秦淮河，进入运渎，最后到达苑城内的仓库。此地又是南京一处历史遗存聚集处。内桥为当年南唐宫城内的虹桥，皇帝进出皇宫，都要经过这座桥，相当于故宫门前的金水桥。今天内桥所正对的南京中华路，就是南唐国都金陵城的中轴线御道。

在内桥附近，发生过著名的“张汶祥刺马案”，就是清末张汶祥刺杀两江总督马新贻的历史事件。此案疑雾重重，广为流传，成为晚清的四大奇案之一。后来张被凌迟处死，至死没有供出幕后是谁。电影《投名状》就影射了这一段故事。

继续沿河行，进入建邺路的开阔地段。来到鸽子桥。鸽子桥曾用名很多，南唐以前叫清化桥，六朝时期也叫孝义桥、甓子桥。清代的鸽市在这附近，所以后来就叫鸽子桥了。从这座桥往南，可以去到大板巷古书市场，跟熙南里相连。

再往前，笪桥。这边是评事街，旧时的皮市。现在有很多美食，章云板鸭、李记清真馆等，几乎时时刻刻在排队。南京人的爱吃、会吃可见一斑。

鼎新桥一过，水流进入地下暗河，穿过朝天宫，一路奔涌，最后汇入外秦淮河。

这一段水系，从杨吴城濠到内秦淮到青溪到运渎，由九座桥联结。沿河曲曲折折大约5千米，有南京5千米沧桑华丽的历史。也仅仅是古都故事会中的一章而已。美丽的南京，有着说不完、道不尽的过去，更有一直在发生着的现在。她的魅力是永远的，值得一再品味，一再回味。

普生泉

老门西初秋晌午的阳光干净而温和，小巷里很窄，一个开门出来的小姑娘与我们差点在窄巷里撞上，她穿着家居花小褂，一双水灵灵的大眼睛，被我们这几位不速之客惊了一下，随即闪身关上身后的门，一边往外走，一边见怪不怪地用大眼睛盯我们几眼也就罢了。老门西作为南京古城的保留地，现在经常被各路人群探访、打扰，有背着各种摄影器材的摄影爱好者，有学者气派的研究者，也有我们这种充满好奇与探求意味的古老文化爱好者。而原住民们常年住在这里，对自己拥有的这些时光与历史的痕迹，并不在意。他们早与时光与历史合而为一。

这里不是旅游区，我们摒弃喧哗之音，生怕打扰到人家市井而平静的日子。但是为这些古旧的雕花门楣、拐弯抹角的街巷设计，惊鸿一瞥而看见的高门里整扇的黄花梨木雕刻镂空大窗所倾倒，内心啧啧赞叹古人的讲究与审美趣味。

老门西一带是南京现存古井分布最密集的地区，有一处巷子，就叫“同乡共井”，有东晋时期留存的两口古井，被列为秦淮区“不可移动文物”。我们在老城南的街巷里曲里拐弯地绕，已看到好几口老井。

终于拐进小百花巷内。巷口，一位阿姨在择菜，大竹篾箩里铺了一大把碧碧的苋菜。隔着两米的窄巷另一端，蹲卧一只巨大的瘦长型黄褐色猎犬，好像把门的。

我们与狗安静相望。狗站了起来，高度出乎所料。狗不出声，我们也谨慎地后退一步。

“没得关系滴，它不咬人，胆子小呢！”那阿姨看这阵势，咧嘴微笑，叫，“阿福，坐下”！我这才注意到，狗虽看起来威风凛凛，可是后腿一直打抖，尾巴也夹得紧紧的——它也害怕我们呢。

一行人靠边穿过巷口，尽量不去与阿福对视。阿福不再抖腿，又趴了下去。目光温柔地望着女主人，此刻再看，并不如它适才看上去那么吓人。它的守护巷口，其实“徒有虚名”。

这时，一户院门“吱呀”一声打开来，一位老大爷探出头来，向我们招招手，说：“是陆老师介绍的吗？来来，快进来。”

小百花巷 1 号院内，有一口井非常特殊。这是一口有故事的井。井栏为南宋古物，原来在瞻园内的普生泉上，不知何时、何故被移至此地，陪伴着这里的老百姓，生活了百年。

这所院子里居住了好几户人家，从格局来看，以前应该是一栋错落有致的三进小院。此刻已被见缝插针地东盖一处厨房，西加一间小屋，变得拥挤不堪。但是，即便挤逼，却仍旧穿插着种了好多花花草草。有名贵难养的幽蓝兰花，也有正在爆开的橙色凌霄。所有花草都蓬勃向荣，使乱糟糟的院子有了一种说不出的优雅感觉。

老大爷将我们迎进院子，顺手关上院门。“每天都有好多人要来看这个井，哎！”他将我们带进去，里面有个青石板铺围起来的小天井，中间一眼井，一个大妈刚好打上来一桶井水准备洗衣服，一个小小孩儿，正在井边玩耍，脚下石板在井水的浸润和人们的磨踩下发着亮光，好似包浆。一看，就是一眼一直在被使用着的老井。

大妈喊过小朋友，善意地说:“看吧，看吧。800 多年的历史了呢！”“834 年哦！”老大爷充满自豪地接话。他介绍说，家里五代人都住在这里，老井一直陪伴着他们。

井栏被摩挲得发着亮光，呈八角形，上面有两只圆孔，外侧刻着隶书“普生泉”“淳熙丙午邵永坚建”，依然清晰。按照时间推断，此井栏于南宋淳熙十三年建，也就是 1186 年，到 2011 年真的是 834 年的历史啊！看着这刻文，毫无疑问，是瞻园普生泉上的井栏。只是它怎么出现在这里的呢？史志书《新京备乘》上记载，在清光绪年间，秦淮河曾断流，而瞻园内的普生泉却不干涸，因而成为名泉。

现如今，这井栏演绎了一个“旧时王谢堂前燕，飞入寻常百姓家”的故事，从瞻园王府悄悄藏进市井老门西的院落，并滋养了这里几代人的生活。瞻园的那眼“普生泉”已经干枯了，深巷里的这眼井，还在汩汩流淌，院内居民对此井非常爱惜，现在井水依旧清澈，一直被这里的居民使用着、保护着。

老人们都说，先有水井，后有人家。过去的人盖房子前，都要先挖口井，再盖“茅肆”，最后才轮到建房，井的年代比房子还要久远。当年没有自来水，吃的用的水都是井水。每天上井，淘米洗菜，洗洗涮涮，是大院里几户人家的日常。夏日将西瓜盛在竹篮里，用绳子吊着放进井水里冰着，黄昏时分捞上来吃，冰得刚刚好。把井水打上来浇在石板砖地上，院子就变得凉洇洇的了。到了冬天，井水也不上冻，甚至是温温的，不冰手。老人们说，“井就要经常用，水才会一直好下去”。

老门西古井有好几个，有的就直接在巷子里，井栏上倒扣个塑料盆，街坊邻居常用来洗衣洗菜。有的井并没有井栏，主妇们轻车熟路，掀开个小小圆圆的铁质井盖，直接就舀出水在旁边涮洗起来。外人看着好生新奇，洗衣的女子岔开脚蹲在井口上，似笑非笑地看我们一眼，继续搓衣，好像在讪笑我们的大惊小怪。

饮马巷

站在这里，好像站在三维立体的零度位置。南京的老童谣这样唱道:“一个小老头，戴个草帽头，衔个香烟头，拐个筲箕头，靸个破鞋头，跑到小门口，买包牙蚕豆，越嚼越有味。”《小门口》，老城南人，尤其是小老头儿，用南京话念起来，特别有滋味儿。而这个“小门口”，是一个十字路口，水斋庵、高岗里、谢公祠、饮马巷，4条巷子在这里交会，但又“互不相见”。老门西的巷子窄、短，曲街斜巷。站在这个点上，似乎随时一扭头，就进入时光穿梭机，跑进老门西某一段旧时的沧桑岁月里……

饮马巷的小弄堂里，倾斜的地势让这一排旧屋也顺势斜斜地往上而建，阳光只能照到一半窄巷。水泥屋小二楼上能看到年月久远的发乌的旧木头搭出的阳台，木头小屋里暗暗的，看不清旧木门里面的摆设。隔壁突兀地搭了一个好似亭子间的单独小间，伸出小小的亮闪闪的铝合金晾衣架，挂出一排大人小孩的衣裳来。这违章搭建的小屋一点不违和，似乎更有生活气息。我靠着小巷子的一边墙壁抬头张望，耳边传来滋味正宗的老城南话，“你这是才起来啊？买菜去吗”？“是得儿哎，睡懒觉了。就吃早中饭了！”“今天豆腐出摊早已经没得了哦！”“我买两副烧饼油条，看看新鲜的苋菜还有没，路口那个农村人啊在啊？前两天看见他家有黄鳝出摊的！”“好像还在，但是没得看见他摆出来苋菜哦。”两位老阿姨，一个从巷子高处往下走，头发乱蓬蓬，但可以依稀看得出曾经整盘过的高发髻，这种发髻用胶水粘得紧紧的，中间塞进一小团假发，高耸在头顶，发胶令发型可以保持好几天。此刻有点凌乱，被主人随便拢了拢。她穿着紧身裤，上面一件宽松卫衣，脚上一双网格运动鞋，似乎是家中孩子的剩余物资，看着蛮新潮的。另一个往上走，穿着花衬衫与花马甲，手腕上套着个带拉链的小布包，布包后还拖着个塑料袋，看清楚了，塑料袋里是一块切得四四方方的白豆腐。

她们俩就这样一边闲聊着，一边交错而过，经过我身边，好像我不存在一般。我好像时光穿越了，恍惚着仰脸看向对面的小二楼，仿佛听见百年前的主妇们互相用老南京话拉家常的情景。那时，梳着粑粑髻，穿着香云纱敞袖中式大衫的女子们，浆得高而挺的领子卡住脖颈，一个圆粑粑发簪紧贴后脑勺，眉眼清淡。她们一个在木楼阳台上晾晒衣裳，一个从楼下经过，讲着早市上小菜的价格，询问着早中饭可吃过了。端午时节，要买点苋菜，斩个烤鸭，腌个鸭蛋，再叫大儿去不远处的秦淮河捞点龙虾摸条黄鳝，凑个“五红”，算是辟邪，也饱个口福。日子大概一直都是这样的吧。

小巷的入口处，是个门面楼，石灰墙上挂着个黑地金字的牌子：南京历史建筑，饮马巷4号民居，建于清末民初，原为传统沿街商铺，二层砖木混合结构，坡屋面，是上宅下店建筑的典型代表。

此刻，这栋有百年历史的小楼，大门已经是绿色金属防盗门，窗户装着铁栏防盗。只二楼的发黑木栏杆，和伸出的好似雨棚作用的木房檐，显示出时光的痕迹。在那个年代，里把长的饮马巷，是一条繁华的商业小街，这一排房子都是沿街铺面，什么行当都有。白天，人们打开一扇一扇的木门，经营着针头线脑、柴米油盐的小生意，楼上，有女主人在操持家事，打扫晾晒，洗米煮饭。晚上，木门一扇一扇关起，店主人拐上吱吱作响的木楼梯，回家休息。这条饮马巷热热闹闹地存在了百多年，现在，变成一条安静的小街巷，窄窄阳光照着一边儿墙面，房子的主人们利用细小地方养的花花草草，溜墙根儿一排，茂盛而生机勃勃。

老门西，这样的巷弄还有好多，曲里拐弯，无论从哪里拐都能继续拐，没有死胡同。清末南京史志学者陈作霖先生曾在他的《风麓小志》里特别形容过老门西的街巷，“委巷通衢，纵横南北，歧中有歧，无往不复”。每条烧脑繁复的小巷弄，都能绕出天际，抵达一个开阔之地。

四季物候小公园

不论是上班的地方，还是住家的地方，周围能有个小环境——一个小小的公园，可以去散散步，是多么重要的一件事啊。我有幸，身边有这样的地方。

午休的时候，我总是快快吃好饭，取过我的拼布小袋子，里面装好手机和钥匙，出门散步去了。小公园在狮子山下，离我上班的地方大约 10 分钟的路。有时，我中午会上网、聊天或者打瞌睡，有时做小十字绣、看看小说，时间一下子就过去了。但是有时候，心里和身体有种停滞的感觉，不爽快，累赘拖沓，需要活动一下身和心。于是，小公园就在 10 分钟脚程外闪闪发光地召唤我了。我忙不迭地走过去，去清静一下自己。

春天的时候，小花园里植物渐次染上新绿。河边的柳条抽着小嫩芽，白色樱花树美丽得像个梦一般，真的是“一棵开花的树”，一阵清风，落英缤纷，那是稍纵即逝的美。我每次都拍下那樱花树从盛放到衰败的过程，往往只有几天。身临其境才觉得美得惊心。总觉得这样的美不会长久，连带觉得太顺意的生活是假的，太可爱的人是虚拟的……不由得有点春季抑郁症。趁着风和日丽，走很久，穿梭在小小的桃花林里，每天都看到桃树的变化，慢慢从枯枝、花蕾、花苞，到渐渐盛放，然后凋零，长满绿色叶子，变成面目不清的一棵棵树。然后，春天就过去了，迎接夏天。一场花事，一个季节。

夏季，总有各种奇异香味萦绕。白色花特别多。小公园里的香樟与栾树开花了。石楠丛中的串串白花发出一种骚动的味道。栀子花午后味道浓郁，但我知道，黎明时分它的香氛才达到顶点，扑鼻香气袭人一头一脸。绣球花一大朵一大朵地坠在枝头，蓝色、粉色和白色，细看由小花连缀成大花。看着它们缤纷呈现自己的样貌，心生感慨。植物都很努力，无须特别照顾，也可叫作自生自灭，但它们自得其乐，暗自芬芳。下雨就喝水，无雨就等待，枯萎就枯萎，来年还有机会。物候极尽全力按时按点出现，表示这拿腔拿调的世界，还是有规律可循的，规律并没有被破坏殆尽。

秋天的小公园，扇形的银杏叶随着秋风哼唱着飘荡在林间。那金黄的颜色耀眼极了。秋风乍起，一地落叶，似厚厚的毯，脚踩过，发出清脆咔咔声，是干涸了的树叶爆裂的声音。站在银杏树下的叶毯上，仰头从枝叶间感受秋日温馨的日光，心中有很多感觉，万般的滋味，也只剩下淡定。秋日来，一切都尘埃落定了。

我最爱的冬季，小公园里一片寂静。光秃秃的枝干，裸出大地颜色的，是正在孕育着的沃土。有那么几个酷寒日，前夜大雪飘过，此时此刻雪初霁，石板路湿漉漉，哈气成烟。冷也不冷，冬日暖阳照着，但必须有羽绒服来做后盾。出来散步，有微微冷香，时近时远。原来，那片没有树叶的枝干，是腊梅哎——黄色蜡质的小花朵，散发出卓然不群的气息，吸引我驻足，并深深地呼吸吐纳。我真爱这看似凋零、实则蕴含生机的冬天。

其实，说它是小公园，是因为，它在我心里是一处小小的天地。实际上，南京著名的阅江楼就在狮子山之巅，我每日是在山脚下环绕着阅江楼走来走去。阅江楼，是中国十大文化名楼之一，也是江南的四大名楼之一。始“建”于明朝洪武七年（1374年），是明朝太祖朱元璋下诏在南京城西北狮子山建的。朱元璋亲自写了《阅江楼记》，如今石刻版还在。他不但自己写，还要求文武官员都要写，其中大学士宋濂所写的《阅江楼记》最为著名，入选了《古文观止》。不过这个明太祖有点任性，地基搞好，万事俱备，他忽然决定：不建了！为此还写了《又阅江楼记》，说是上天托梦给他，不要急于建楼，还有很多更迫切的事儿要做。于是乎，阅江楼在600年间，都是“有记无楼”的状况。直到1997年，南京市人民政府决定要建造阅江楼，由著名的东南大学建筑系操刀，2001年9月，阅江楼正式竣工，从此名副其实变成“有记有楼”。在阅江楼上，可以一览浩瀚长江之水天际来的壮观景色。围绕着狮子山，以及山脚下的古城墙，开辟出一片美丽的公园，连着天妃宫、静海寺、挹江门，自成一派城市西北角的古韵灵气之地。

而我，一般以徜徉狮子山脚下的小公园为乐。一年四季的小公园，从来没有让我失望过。每次来，都给我喜悦，给我力量。有时，坐在城墙边的石凳上，背对着阳光，晒背；将鞋子脱了，晒脚。然后，沉思默想——一抬眼，古城墙上不知道何时，爬满了绿色常青藤，还有不知名的花花草草，镶嵌了一整面的古墙。平日里居然没有多加注意呢！那些环绕心中不大不小的郁闷，就这样突然似是而非起来。大自然的气场和我内心的小宇宙一定有个什么点，有互相抵消的作用。来晃荡一次，说是自省一下，结果仰头看着这植物墙，心里只想为那卖力攀爬着、开枝散叶的常青藤，好好拍张照。后来再一想，还是算了。因为，它们一直都这么努力的啊，虽然秋天凋零，冬日成“枯藤老树昏鸦”造型，但下个春天，又势不可当地来了，茂盛整个的春夏。周而复始，不依不饶。那，我就别再自作多情地讴歌了，这是大自然的规律。

大自然告诉我，物候有它的规律，我们心中的妥协与败落，对自然来说，其实是修养生息与生生不息。

赏梅

又是一年春来早。每到这个时节，南京人心心念念的，就是，该赏梅了。是春天里的一件大事。

对南京人来说，春天去赏梅，是几千年传下来的开启春天的庄重仪式。

今年冬季有很冷的时日。今年的梅花一定分外妖娆——“梅花香自苦寒来”嘛！一定要冬季酷寒过，梅花才会愈加地盛放。

梅花是南京的市花。南京特地建有专门的“梅花山”。梅花山在中山门外，处于明孝陵神道的环抱中。早春时节，有那么一小段时日，梅花山的万株梅花竞相开放，层层叠叠，云蒸霞蔚，香气四溢，妙不可言。春初连日的升温、阴天、细雨，正适合梅花进入绽放期。但是，究竟是哪几日？并不好拿捏。不是去早了，梅花还含苞待放呢，就是去晚了，梅花已开得过了，要凋谢了。“恰好盛放”只有短短几日，碰上，是你的运气。于是，2 月初到 3 月中这不到两个月的时间里，不分节假日，来踏青赏梅的游人络绎不绝，花有花海，人有人海。大家不管是否看到盛艳，总归是沉醉其中，留连忘返。南京也每年都举办“中国南京国际梅花节”。

梅花山上的梅花盛放起来，各种层次的粉色调，那颜色可用“娇嫩”来形容。如果把这粉色，穿戴在人的身上，搞不好就俗不可耐，可在大自然这里，怎么粉嫩都是娇艳欲滴。梅花品种很多，名字也有趣：猩猩红、骨里红、照水、宫粉、跳枝、千叶红、长枝、胭脂、玉碟、送春、品字梅、江梅、朱砂、垂枝梅、杏梅、樱李梅……仔细看其中的一朵朵，并不诱人，反觉得单薄，妙就妙在那一窝蜂的盛开、盛放、盛大的花事。南京梅花山有自己的珍稀梅花品种，叫作“别角晚水”，只有一株，是梅类宫粉型的品种，花色呈淡玫瑰红，浅碗状，花瓣层层叠叠，多达 45 瓣，内有碎瓣，婆娑飞舞，十分漂亮。是“梅花院士”陈俊愉先生，于 20 世纪 90 年代在梅花山进行田野调研时发现并命名的。这棵树上开的梅花常有花瓣不完全周正、花瓣边缘有凹陷的情况，被叫“蹩脚”，就索性取其谐音为“别角”，又因花期较晚，花色水红，因而得名“别角晚水”。这棵美树可是梅花山的“镇山之宝”。每年若能看见这株梅盛开，那就圆满了。不过，这真是可遇而不可求的事。

为了让市民更好地欣赏最美时候的梅花，近年来，梅花山设有专门的“花情预报员”，每年梅花渐入佳境时，预报员会提前在官网上向公众预报梅花代表品种最佳的观赏时间与地点。

春天要去赏梅。这是一件年度必做事项。但其实人们并不苛求是否能看到最好姿态下的梅花。全家老少，或者闺密结伴，或者少男少女，在猫了一冬之后，早早换上春装，兴高采烈地去踏春，在春风中嘻嘻哈哈，在花海中顾盼流连，拍拍照，聊聊天。有人带了野餐垫、盘盘盏盏，野个餐；有人摆了茶席，一起喝个茶。春光里，人们需要的是轻松、释放，卸下重负、呼吸吐纳这清芬的早春气息，感受万物复苏的盎然生机。其他的，那些阵阵飘过的梅之冷香，那乍暖还寒的初春温度，人山人海的摩肩接踵，呼朋引伴的孩童与老人，都是不可或缺的背景音乐。预示着“一年之计在于春”，在慵懒地赏过梅花之后，就要开始农历年新的起航了。

深夜南书房

南京，秣陵路 21 号，隐藏在繁华新街口深处，有一小片民国旧建筑群，原属国民党军政要员刘峙。其中一栋被一帮有见识的人做成了一个 24 小时开放的公益图书馆，叫作“二楼南书房”。经常，在夜跑结束后，我会去那里弯一下。

在一排老式两层房子的最里面，圈出一个小院子。种了一棵巨大的香樟树，在雨季会发散惺忪冷香。楼梯是石板的，窄而陡，是老建筑的特点。楼梯边上还放着磕磕绊绊的植物盆景。夏天是青瓷盆子里的茉莉和米兰，冬天是一大株冬青。最后一节台阶面前，是一扇木门。推开，直接就到了前台。通常前台都是年轻的志愿者，为这个美好的公益性质的图书馆义务服务。今日，前台是位少女，披着厚重的羽绒服，抬头看看我。她双手捧着一个茶杯，正在跟对面一位少年说着什么，眼神很困倦，没有什么表情。我思忖着，不是上次见到的那个女孩了哦。上一次的女孩对这间南书房特别引以为傲。我向她咨询如何给这里捐赠书籍的事，她矜持地说：“我们不是什么书都收的，社科类居多，您若要捐书，可以先拿来看看。”她正在读着一本书，我看到书籍的名字，是梅萨藤的《过去的痛》。我笑着说：“你这个年龄，看这本书早了点哦。”她猛抬眼，是一张稚气未脱倔强少女的面容。齐刘海，细长的眼睛闪闪，嘴唇削薄，不会超过 22 岁。我想，在这夜的书房里，在每一个无眠的夜晚，她都会有除了困倦之外，奇特的收获和感受吧——从这本女作家写她病痛的 70 岁人生开始。值过几个夜班，就可从各种书里看过几种人生，还可以看到不同的读者。这个志愿工作是个体验和观察人间的好窗口：夜晚不睡、泡在图书馆里的都是些什么人呢？这也是我经常来看看南书房的动力之一。

南书房其实就是一套老式隔间的房子。客厅连着卧室，一间套着一间。每一间都不大，每一间都有沙发和高大到顶的深色木质书橱，还有老式的高到屋顶的深色木窗。窗边的深色木质边柜上，摆放着热水壶和宜家的白瓷茶杯，夏天还有柠檬水。厅里有一张大书桌，可以对坐 4 位读者，经常是满座的。这里有 Wi-Fi 信号，有四季空调，有开水。提着手提电脑来工作和学习的都有。整夜的时光，陌生人相伴的阅读，或者，任何事情。

有几夜，我翻完了蔡澜的一套美食书。每次插回原处，第二夜再来，还是去原处找。冬夜的南书房暖气不怎么足。跑完步穿着小羽绒的我一脸潮红，也不觉得冷，坐在沙发里看很久的书。书桌旁端坐的女孩学生模样，羽绒服搭在椅子背上，穿着白色的高领毛衣。头发是利索的马尾，露出聪明的高额头。戴着耳机，桌子上是笔记本电脑，脚边是一只黑色的双肩背包，鼓鼓囊囊的。她起身给保温杯加热水，然后继续眼睛灼灼地看着屏幕，全神贯注的样子。我已经是第二次在夜晚的南书房看见她。她身边并排坐着的男生几乎跟她一样的装备：羽绒衣、双肩包、笔记本、水杯、耳机。一会儿，男生开始收拾东西，径自走了——原来他们并不认识，可是，看着好般配。又一夜，我坐沙发上看了半本讲毒蛇的书，门口风铃轻轻响起，进来两位男士，干净清爽的样子。其中一位留着讲究的胡须，另一位穿一件英国绿的木扣子大衣，两人的神情是探究的，大约是第一次慕名来南书房。静静地转了一圈后，在茶水壶前的扑满里塞了小费，也并不喝水，又静静地一前一后走了。其间带来的默契与温馨，还有男士古龙水淡淡的味道，在他们离去很久，我还是能感受到。一座城市有一间安静的夜书房，是这个城市的幸运，是都市夜归人的福祉，是夜猫子们的幸福。要好好地守护。

对于一些有趣的陌生人，我总有一份好奇。我会想象，他们来自哪里，为什么会来，还会再来吗？他们有什么样的经历，进行时还是过去了？如果我们有了交集，会带来一些什么吗？

夜晚令人浮想联翩。据说夜晚最好不要做决定，通常那都是太感性不够理智的决定，大都是灰心的决定，又或是过激的决定，也可能是虚无缥缈的。但夜晚的确会冒出很多平时会压抑掉的想法，好像另一个自己在行动。既陌生又放肆的自己，却仍是自己。在夜晚游走在居然还是很热闹的大街上，看那些好像穿越了夜晚，喧哗着走来走去的人们，有一种时空混乱的感觉。在南书房看完一本《一起奔跑的人》，出来，站在凌晨 2 点的街头，看到网红的龙虾馆子，周围都是人，大家还在排队等候呢。这真是超现实。

阅读生活

喜欢阅读纸书的女子，在这个时代，不知道算不算落伍——网络这么发达，博客、微博、公众号、电子书，如此丰富，信息量与时效性已经淘汰了报纸杂志。网络，实在是个巨大的黑洞，吸去了我们太多的精力与时间。而我心里一直有巨大的疑问：值得吗？

一直没有放弃对纸质书籍的阅读。纸质书籍还是非常有它的魅力，集中、系统，比较有诚意。毕竟，白纸黑字，不是网上痕迹，随时能铺天盖地，随时也可烟消云散。我跟女友林有时交流，还是一书在手，靠在沙发上，更舒服实在。“其他都是浮云。嗯。”林表示赞同。

在阅读的岁月里，其实同好并不多，可以交流的就更少。林算其中之一。年少的时候，我们的愿望是“可以想买书就买书，想买衣服就买衣服”。可是，一直有这个愿望，并且身体力行，就不是那么容易了。花花世界可花钱的地方多了，买书？

嗯。买书。靠着喜欢阅读，我们的友谊就这么一路延绵着、不管时空距离的，就过来了。对，不是靠酒肉。

一开始的时候，各自阅读，我秉承“书与牙刷不外借”的原则。自从遵循“不持有的生活”原则后，境界大有提升，开始互相借书，并且还要告诉对方书单，“此书我有，你不必买”。书这个东西，不流通，只在书架出现，就成了纸。不能作用最大化。于是，常有包着书皮的书籍被带来带去。看到好书，激动之余，写个书评，也让对方先睹为快。我们在讨论完书籍之后，总会有自己特超然的良好感觉。这也是阅读带来的虚荣。呵。

书籍会定期地购买，越买越多。书架已经不堪重负。狭小的生活空间受到挤逼。而公共资源如何合理利用，成了新的研讨课题。重拾图书馆时光提上日程。

我最记得以前在长江路上的那个小庭院——早期的金陵图书馆。老式的楼房与院落，虽然地处繁华路段，但院里几株颇为古老的巨大的梧桐，将庭院生生地掩映起来。走进小楼，立即凉阴阴，霎时从喧闹到静心。那是我最早在这个城市找到的组织。书籍很多，但不新。市面上流行的一般没有，但老书都很有品质与品位，很多老书市面上已经没有。从斑驳的石灰台阶拾级而上，门槛里一张书桌，端坐管理员，验明你的图书证，即可进去。要自己去那一排排的老木架子上翻找，然后再抱出来给管理员，一本本登记在小小牛皮卡纸上——很古旧而温馨的记忆。在那光线昏沉的地方，人心特别容易沉潜下来。一边翻一边看，最后借几本书。出来后，觉得阳光好温暖，时光很抽象。信步在梧桐巍然的主干道上，眼睛微微眯缝着，适应一下那亮度，也享受浓绿的惆怅，回味图书馆里的跌宕书之旅……

时光以迅雷不及掩耳之势飞速向前。重新回归图书馆，我惊异于现在图书馆的“博大精深”“长袖善舞”“花样百出”。金陵图书馆搬到新区，毗邻长江，整个环境与建筑氛围已今非昔比。此时图书馆已经不单单是图书馆。可以借书——是最基本的要求。还有很多多功能厅，影音书籍，囊括古今图书的网络书库，以及各类讲座与学术活动。进得玻璃大门，站在大厅仰起脸，整个一面的大玻璃幕墙，让图书馆豁然开朗。我和林最爱在周末，带着茶与笔记本，在图书馆里坐一整天——我们戏称之为“自习室”，仿佛回到学生时代的阶梯教室，然而条件比学校好太多太多。那么多人坐在一排排实木长桌前，默默阅读。各种类型的人，用各种方式享受着图书馆里的暖阳与氛围。不得不说，每个城市的图书馆，都是政府的一项大德政啊。

林首先行动。她办了 3 张图书馆的借书卡，一次可以借 12 本！那些在她“购买清单”上的书，图书馆有的，先睹为快，特喜欢才买。而且，真的是“书非借不能读也”，因为有还书的期限，阅读变得更加定时定量，也更加欢乐了。我也紧随其后，先把阿加莎·克里斯蒂的所有未看书籍借了个遍，然后是一些充满好奇的佛教书籍，还有些清新小说。这样，有些一直想买的，看了后，没买；一些图书馆有的，看过就好。只有我想买而图书馆没出现的，我才下单。真是节省了好多金钱与空间——那公共的图书馆，成了我们共同的书架。

一个城市的公共图书馆，彰显着这个城市的底蕴。所幸，南京的底蕴，非常醇厚。

文德桥的半边月

南京的城南夫子庙地区，是每个外地人都知道并且到南京来的话必须到此一游的执念之所在。但我却不太推荐。人太多，都是小商品店面，时时刻刻人山人海，跟各个城市的仿古一条街一样，毫无新意。

其实不是这样的，我的意思是，不该是这样的展现。“夫子庙”是涵盖了老城南很多内涵的充满秦淮特质的地方。假如有人想用一天或者一个下午甚至一个晚上领略夫子庙的好，那是绝对不可能的，甚至会产生坏印象，不如不去。

爱之深、忧之切啊。南京城南的秦淮区，是老南京的精髓区域，最能体现老南京的日常生活，也有很多古南京的历史遗迹。但是，浮躁的走马观花，是看不到、也体会不到这些的。

在城南住了十来年，几乎每年都要来夫子庙晃荡一下。我二十郎当岁的时候，是特别爱这里的。好多小吃，好多便宜好看的外贸衣裳小店，还有好几家打折书店。每次来都逛得开开心心，买了宽大有型的白衬衫，买到了喜欢的打折书，吃了味道浓郁的三鲜炒面。踏着石板路走到秦淮河边来，贡院街正对面的“天下文枢”牌坊气势十足。左侧的聚星亭与西侧的魁星阁遥相呼应。大成殿后的东西市是我最后的停顿，里面是真真假假的古董，也有具有南京特色手艺的师父在捏糖人儿、扎绒花，或者，可以看一大盆一大盆泡在水里的雨花石。

黄昏时分，我会在文德桥上倚栏驻足片刻。这座桥很神奇，始建于明朝万历年间的 1585 年，最开始是木桥，后来改为石桥。现在这座是 1989 年重建的。桥上是欣赏秦淮河夜色的最佳地点。在桥上看，秦淮河水悠悠流淌，两岸古色古香的白墙黑瓦古建筑风格的小房子鳞次栉比。夜晚降临的时候，彩灯齐齐燃亮，河水上荡起一只一只华丽的画舫，画舫间传来嘻嘻哈哈的笑声，人影与灯影交错，仿若一个一个巨大的幻象，穿行在过去与现在。你可以想象当年桨声灯影里的画面，甚至可以想象当年的月亮——文德桥上的半边月。

据说，每年农历十一月十五午夜前后，在桥的左右，各可见半个月亮倒映在秦淮河水面上。

我曾经想目睹“秦淮分月”。在某年，一个寒冷的农历十一月十五的夜晚，我穿着厚厚的棉袄，顶着刺骨寒风，与伙伴一起骑着自行车穿城而来，一直守候到后半夜。当夜北风紧，哈气成冰。南京难得遇见这么冷的冬天。文德桥上有好几位等看半边月的人，我们一起缩手跺脚的，看着天上冷月发出淡淡荧光，一会儿躲进云层，一会儿又出现在灰蓝天幕斜上角。但是，不论我们在桥上桥下哪个方位，都没有看见半个月亮出现在黑黝黝的秦淮河水面上。更过分的是，没一会儿，乌云彻底将月亮蒙住，天空竟然飘起雪花来。冷月无声。

这个文德桥上的半边月，是一个自然现象，与文德桥的经度纬度有关，与地球与月球的自转公转有关。但是人们给予这个现象很多奇妙的寓意。清代文学家吴敬梓漫步于此桥，曾经见此奇景，并咏诗一首：天涯羁旅客，此夜共婵娟，底是秦淮水，不为人月圆。近年来，能看到半边月的人并不多。每年这个时段，都有好些慕名而来等奇景的人，然而，最近的一位说看到了秦淮半边月的，是 1990 年的一位吴姓老先生。难道是吴敬梓老先生转世吗?

那夜我们没有看到半边月。雪花飘落，大家抖抖索索地各自散去。我和伙伴推着自行车说，我们不走回头路啊，往东。路灯下的雪花渐渐密集，煞是好看，去到路灯边的一个古式小亭子里躲雪，发现邂逅了“桃叶渡”。那亭子是桃叶渡亭，旁边临水立着的是“古桃叶渡”牌坊。借着大雪的亮光，看到正反两侧楹联：“细柳夹岸生，桃花渡口红”“楫摇秦代水，枝带晋时风”。这处小小古迹在秦淮河边一处狭窄街道边，骑车经过的话不注意一下就错过了。平日里也就是一些街坊大爷大妈坐里面喝茶打牌，殊不知香艳的故事随着秦淮河流淌不息呢。相比王献之与小妾的情深意长，我更相信船夫们的说法：这一带岸边都是柳树与桃花，一到春天桃花花瓣落满河面，船家笑称这个渡口为桃叶渡。

我忽然想起这附近还有李香君故居，想起乌衣巷，刘禹锡写道：“朱雀桥边野草花，乌衣巷口夕阳斜。旧时王谢堂前燕，飞入寻常百姓家。”城南小街小巷四通八达，内里的故事藏而不露。每一个巷子口、屋檐下，都有漫漫岁月长河遗留下来的珍宝呢。

城市迎来建设高潮，水游城、水立方、古玩城，各种大型综合商业中心层出不穷。后来我还是经常来晃晃，却总是嫌弃这里的过分商业化。书店没有了，外贸店变成超市，急功近利的小商贩们，把夫子庙弄变了味儿，我总是有诸多不满，一边嫌弃，一边继续来着。因为，即便百般不满意，这儿还是有万千改变不了的古韵古迹古籍，值得我一再来寻访，发现，惊喜并释然。

行走在玄武湖畔

我是在玄武湖边感受到秋天缓缓到来的。今年的秋，天特别蓝，云彩特别动人，空气特别清新，雾霾指数暴跌，非常适合户外行走。我爱上了湖边暴走。

玄武湖是上天赐予南京人民的恩惠。一年四季，朝暮晨昏，雨雪风霜，各有滋味。我最喜欢的是下班时分，沿着湖边走一段或长或短的距离，然后再乘地铁回家。那是属于我自己的一段非常享受的时光。

站在南京站，面对玄武湖，总是不由心醉。根据心情决定往左走还是往右走，目的地都是玄武门地铁站。玄武湖一圈约 9.5 千米。如果我往左走，绕到玄武门大约 7.5 千米，其间经过太阳宫、解放门、鸡鸣寺附近，还有水上运动学校。一般我是暴走状态，大约 1 小时 40 分钟。如果往右，则是一大片的明城墙环抱，不到 3 千米，可以休闲地漫步走。

六七月份，玄武湖里莲花朵朵，莲叶蹁跹，大片大片，缠绵蜿蜒，引得游人驻足。我会一边疾走，一边想着莲花的秘密。造物神奇，竟然会有这样的植物，它自淤泥长出亭亭白莲，我们总说莲花出淤泥而不染，其实更值得推崇与期待的，是它向黑暗深处探究的根系，那里攒足了劲儿，孕育的是雪白的莲藕，这才是真正的出淤泥而不染吧。有些秘密真是惊天动地呢。

“九月莲花死，萍枯霜水清。”进入农历九月，秋叶黄，冷柿红，这是一个湖边各类树种开始次第渲染出橘红金黄等颜色的季节。高大银杏的标志扇子叶最令人期待，栾树结粉红蝴蝶果，香樟深绿，暗自芬芳。最妙是桂花，在它的盛香期，深深呼吸吐纳成为无上的享受。这时，走湖的速度不再重要，东看西看，感慨自然妙趣横生成为主打体验。人类真的要懂得珍惜身边一切啊！我总是暗暗告诫自己，检讨自己虚妄的凡人心。

有时迎面飞来一位滑板阿姨，矫健地扭动身躯保持平衡，背着双肩小包，手里握着个收音机，放着类似广场舞的动感极强的音乐。阿姨目测 60 朝上年纪，滑板在她脚下相当温顺。她飞速而过，惹得我频频回望。

行走是会走出新天地的。不动叫作“坐以待毙”“坐困愁城”。而走起来，就是“行脚如歌”“行者志在四方”。日本大法师酒井雄哉，因为两次完成“千日回峰”的修炼而被尊为“大阿阇梨”——现代修为最高的大法师。“千日回峰”其实就是暴走，而且是在风景四时变化、物候变迁不同的山里暴走。每天行走 60

千米，据说一个“满行”要费时7年，步行4万千米。这位大法师之所以成为大法师，就是因为他在这座山里，暴走了14年，步行约8万千米！看，走路也是种修行。一开始法师就是走走走，后来感受“今年的樱花落了，是为了明年更好地再次开放”，再后来则如入无人之境，开始参悟人生……有人曾经问他，您就只身挑战修行啊？他说，独自在山中行走巡拜，会沉默而孤独地专注于修行，但不会感到寂寞。因为“活在自然”里啊，大自然每一天都不同，行走的乐趣就在于此。法师在行走的路途上，参悟了太多佛法人生。然后，他写了一本书，与众分享，叫作《一日一生》。

我的湖边行走，也有这样的功效。我也开启了我的行者征程。会一直好好地走下去。

火炉般的夏天

夏天以连续三天密不透风的黏腻高温宣告她的到来。之前还一直云淡风轻的春季算是结束了。最黏腻的那天晚上我还出去跑了 5 千米，浑身上下全部湿透，汗水似无数小河往下流淌，爽极了。当晚就开始下雨，据说梅雨季跟着到来。

老天爷也是很讲究张弛的，冷一点就要热，热一点要降温，雾霾来了，那马上大风就得跟进。日子于是就可持续了。

栀子花是这个季节的恩物之一。卖栀子花的还是那个相熟的老太太。她一年又一年地卖花，我一季又一季地跟她相遇、买花。每次都好像初相见。“今天到新街口卖花啊？”我遇到她，会问。“是啊，你认识我啊？哈哈。今天栀子花给你便宜点。”她抬起头，老眼昏花地看着我，每次都这么回答。她的背更驼了，瘦瘦的脸庞皱纹横生，但是精神委实不错。挑着的花担子有应季的花——冬天百合，春天康乃馨，秋天大束的相思红果，夏天则是白色香花：例如，玉簪和茉莉，栀子花和白兰花。每次我都买10把。回家后将家里所有能插花的器皿都拿出来，插上一排，然后每个房间、客厅、门厅，都摆放一瓶。这一段时间，下班回家，一开门，就能闻见悠悠花香。

栀子花快过季的时候，荷花季来临。只要有水的地方都会铺陈开一片一片的荷叶，荷叶田田，小荷才露尖尖角，很快就会炸开一朵一朵的荷花。荷花不论盛开还是含苞待放都好看，姿态甚是婀娜。我会经常性地走玄武湖，欣赏早晨的荷花，傍晚的荷花。荷花开完，莲藕成熟。过了夏季，荷叶随即枯萎，将水域空出来——枯叶也别有风姿。这种植物是最有诚意的植物。

夏天傍晚，跑步一身大汗之后的那杯啤酒，是另一恩物。在夜晚暑气蒸腾的街头奔跑，心里想象自己是伸着舌头散热的大狼狗，鼓励自己要夏练三伏。而回家之后的那杯啤酒，让所有辛苦烟消云散。一边喝一边恨不得大叫一声“酷啊——”似乎所有辛苦，就是为了这一口啤酒，完全不管啤酒肚的可能性了。

能干的朋友们在草莓上市时熬草莓酱，青梅上市时泡青梅酒，把夏天过得有滋有味。我也炮制我的夏季饮品。百香果单独吃好酸，但切开泡在雪碧里冰冻一下，放点蜂蜜，妙不可言。后来我发现雪碧这个平时我几乎不碰的饮料是万年百搭，我买了小小的青柠檬果，对半切开，挤汁儿兑雪碧搁冰箱，取出来再搭配个啤酒，那个爽！后来简直什么都往里兑：西瓜汁、日本清酒、锐澳……每次都喝得不亦乐乎，感觉从食管到肚肠凉意一路畅通。这都是热烘烘的夏天才有的乐趣。

南京的梅雨季潮湿不堪，全线生霉，蚊虫又肆虐，不那么好对付。可是，周末时候的一场豪雨，有解忧释怀的作用。一般是深夜开始下雨，“哗哗哗”的雨声侵扰梦境，密密匝匝的雨珠子砸地的声响混杂着树叶“沙沙沙”，间或还有似远还近的炸雷，迅疾的风声，如交响乐般。早晨看窗外的雨帘，灰蒙蒙的雨天一片，是大自然的幻象。那雨冲刷了天地间的一切，有净化的作用。而自己不用上班，可以窝在一角喝茶刷剧，真是一种奇妙的安抚。

所有的裙衫都拎出来，熨烫一番。数一数，真是不重样的可以穿一个夏季。各种水晶珍珠沉香珠串也拎出来，一一挂满木质首饰架。这都是装饰裸露的脖子、手腕的法宝。管它有什么疗愈功效，都是夏天的必备。还有各种布包包布袋子。只有夏天，才可以穿得这么飘逸、随便、不可一世——这么热，谁耐烦挑剔你呢。正好大胆地搭配得另类一点。裙子裤子叠穿，手腕累累缀缀，脖子沉甸甸。背着个美其名曰“味道十足”但看上去似烧香婆的大布袋子。看着镜中波西米亚风的自己，呵呵地笑了。

南京的夏天又被称为“火炉”，高温，城市上空好似蒙着个巨大玻璃罩子，气压低，濡湿黏腻让人憋闷，喘不上气。不论穿着什么，都有汗迹子。有人贪凉吹空调得了热感冒鼻涕眼泪的似哭诉，有人中暑脸色绯红反应迟钝似醉酒。夜晚的西瓜摊总有人用手劈开西瓜就啃，烧烤摊前烟雾缭绕人影幢幢，周围堆满空啤酒瓶子。穿着短而暴露的睡衣到处溜达的人不分男女老幼。出门跑步的时候，不论多晚都不怕，夏夜不眠的人很多，安全感徒然升高。

好喜欢这样的时光。夏天嘛，就该热，热得发昏，热得转向，每天几把澡，身上涂满六神花露水，大量喝水，排出毒汗，自然减肥。这样，秋天来的时候，才会觉得神清气爽，一身轻松，才能心领神会大自然的心意。

于是整个夏天，都在一边忍受高温，一边享受高温。

初夏的清香

初夏的时光最容易让人沉醉。这个时段，不论是刮风还是下雨，穿透身子的都是温柔一刀。轻纱窗帘笼罩下的家，显得含蓄体贴，适合搭配曼妙的家居波点长衫，光脚踩在地板上，与猫咪玩耍。或者泡好新上市的铁观音一壶，再配上暗红色车厘子一小盆，安坐藤椅中，看侦探小说，接着用 iPad 追 CSI 刑侦剧。室外，阴雨欲来的天空中，满是女贞树开花的味道。那种香气像是溶解在空气中一般。白色的小花一串串绽放，大叶女贞是树形，小叶女贞则呈灌木状，盛放酝酿了一冬一春的精华。

难得一年中不冷也不热的天气，榴梿、樱桃、山竹、枇杷等时令水果上市，再怎样也不是大棚里的滋味；石榴、夹竹桃、姜百合、玉簪、栀子、紫薇、金银花、银翘、石楠……此起彼伏地开放。

初夏时分，是需要嗅觉特别灵敏的。

夜晚在朝天宫附近散步的时候，灌木丛中隐隐约约有一两只萤火虫，背着它们的屁股灯穿梭在林间。沉稳的香樟树散发着浓郁而令人心安的香味。我增加频率，使劲呼吸吐纳，追随着萤火，慢慢跑步。仰头看夜空，是一轮弯弯的上弦月。月华下的小广场，“万仞宫墙”几个大字在红色照壁上森森显现，几只猫咪沿着宫墙飞檐在追逐玩耍，忽然看向我的方位，定住，眨眼间，作鸟兽散。

客厅的窗外有一株巨大的栀子花。一直不紧不慢养精蓄锐。窗里一盆贪睡的茉莉花，到现在了，还不肯发芽，好似已经终结。我继续我的不放弃不抛弃政策，持续浇灌，并与之窃窃私语。一场突如其来的暴雨洗刷了连日来的不温不火。回到家里例行为植物浇水，发现茉莉四处长叶了——这，也太迅猛了点啊。再看窗外栀子花，已经满是盈盈花苞，开放之时似乎指日可待。听人说，有栀子花守护的家，是会平安兴旺的家。

早晨离开家的时候，车身上全是掉落的合欢花。王府大街上这两棵巨大的合欢树上开满了粉色小羽毛花朵，真是奢侈啊，看那似小伞一样的粉色“刺猬”花，我不忍拂掉它们。昨夜的雨让土地蒸发泥土的气息，令早晨的空气里弥漫着各种小清新味道。开着车窗缓慢前行，清风拂面，有淡淡药香夹杂其中，这是路边一丛溅开着的鲜黄金银花。此花有点个性，早晨才能闻到其清而刚的冷香，太阳一出就萎了。中山路上这样的灌木丛特别多，平时就是一片绿，要到开花了才知道是可以降燥的中药材，婆婆以前经常采了泡水喝，说可以清热解毒。

初夏的冰激凌味道与游泳池里漂白水的味道相得益彰。因为出水芙蓉如我，一定要手握八喜一大罐，还要是杧果口味。当然这个运动已经不能减肥。傍晚时分，一身轻松地从奥体中心游泳馆出来，天边血色残阳正燃烧大地。开车行驶在河西宽阔的大马路上，想着多少年前这里还是旷野农村水洼地，老南京的光环从来没有西边儿什么事儿。现在体育中心、剧院、图书馆、各大商城拔地而起，居然已是南京房价飙高的富人区，高楼大厦一片一片的，真是斗转星移、世事难料啊！一边这样胡思乱想，一边看到奥体中心的巨大银幕广告，某个明星要来办演唱会了。

一会儿要去吃一顿大餐，与朋友小酌清凉啤酒，男人们看看欧冠比赛，女人们谈谈琐碎小日子。前方有花农的拖拉机停在路边，我也慢慢靠边停车，下车，挑一棵枝叶绿油油且已经带了好多花苞的茉莉，准备送给爱花的女友。花农是位年轻男子，絮絮地告诉我注意事项若干，晚风中，已经能闻见茉莉香。

梭罗说，冬日更适合思考和理性，而夏天，就可以过着感官的生活。清香的夏季才拉开序幕。让我们好好享受。

秋天的慰藉

一年四季当中，我最爱秋天。秋天是不冷不热的辰光，是色彩斑斓的季节。南京的秋天尤其美妙。各种高耸、巨大的绿色植物这个时候开始起草“层林尽染”的宏大篇章。越到深秋，越是美不胜收。南京有句老话，叫作“春牛首，秋栖霞”。意思是说，春天是牛首山最美，要去赏春，秋天当然是栖霞山最美，要去赏秋喽。总之，南京人总要为自己的行为找好多高雅可爱的理由。那么，秋天，去栖霞山走一趟吧。

栖霞山在南京市东北郊，三面环山，北临长江。乾隆皇帝称其为“第一金陵明秀山”。山内植被异常丰富，山景四时不同。山中险峰、奇石、名泉、深涧与苍松、翠柏、桃花、红叶浑然一体，自然天成。在秋天，是著名的“看红叶的地方”。同时这里古迹遍布，宗教文化历史悠久。那著名的千年古刹、佛教“四大丛林”之一的栖霞古寺，就坐落在栖霞山西麓，每日经声悠扬，晨钟暮鼓，香火旺盛。

沿着修葺完善的上山路一直蜿蜒盘行，虽是上山的节奏，却并不累人。这是一场眼睛的盛宴。巨大棵的各种老树，奉献它们最后的艳丽——叶子的颜色。在凋零败落碾落成泥之前，是绚丽的：光是绿，就有无数层次，更别说红色和黄色，延伸出无数耀目的冲击。语言根本不能形容眼睛看到的真相。一边爬山一边欣赏古木，沿途还有各种动辄千年的古迹，如隋舍利塔，如千佛窟。每个塔和窟前，都摆满供奉的物品，以及供奉人的心愿。千百年来，人们问菩萨要求的东西基本不变。千百年来，这些雕刻在石壁上的菩萨，低眉俯视众生，默默不语。

栖霞寺里有几棵古老的银杏树，在深秋满树金黄，绚烂无比。若是雨后来，更是一地的落叶沙沙作响，只觉华丽，不觉伤秋。穿黄色袈裟的和尚有时三两结伴走过庭院，衣袖翩翩，与黄色树叶交相辉映，给人静谧和谐的感觉。大雄宝殿永远香火缭绕，善男信女风雨无阻。寺庙，给人的应该是慰藉吧。

曾经有朋友不远万里从太原到栖霞寺来，她说听说南京的栖霞寺很灵。我也不知道她想要什么。我陪她转了舍利塔，她又站在千佛窟前双手合十好久好久，走近一些，对我说，你看，那个石佛像，是个工匠呢。我依言望去，在一个佛洞里，是有一位似乎拿着工具的石像，有异于其他佛像。朋友微笑着说，这第一千个佛像，就是雕刻这些佛的工匠自己。他也精进成佛了。我俩站在那里，一起对着石像拜了拜。

下山去，女友很安静。她并未对我倾诉她的心事，我也不问。我们就这样沿着山路上上下下。那日天光甚好，林间绿树摇曳轻拂，小溪在一边欢唱。很快两人都微微沁出汗来。脱掉外套挂在手肘上，女友伸个懒腰，展颜微笑道：“这山真舒服啊。”此时我逆光回看女友，仿佛能感觉到包裹在她身形外的一层淡雾消散开来，她的面孔忽然真切起来。我不禁呆了一呆。

山下的素餐，是栖霞寺的亮点。全素，味道好极了。逛完一圈下来，饥渴难耐。这个时候，才能品尝出素食的真谛。珍惜地细细咀嚼，其中滋味，非要尝到，才可体会。我俩静静吃完了大碗铺着绿色青菜和圆圆厚厚素鸡的素面，相视而笑：“好吃。要再来啊！”

在石城现代艺术创意园游荡

最喜欢的秋天似乎一直在延续的状态。虽然立冬了，天气却一直不够寒冷。对我来说，羽绒服没穿出来，冬天就还没有到来。

这样的季节，却是南京最美丽悠闲的时光。天空高了点，满眼的梧桐树都顶着绚烂的金红色头冠。从清凉山附近路过，但见山坡上各种层次的大地色：绿的一个系列，黄的一个系列，金色点缀其中，那是孤高的银杏叶子。真正美不胜收。这个季节才是能展现南京之美的时光。

到石城现代艺术创意园去逛荡，纯属随性而至。

早就听说这个时髦的地方。某个月黑风高的晚上，曾与几位女友来吃过饭。现在才知道，原来这里是“南京的798”。石城现代艺术创意园坐落于北京西路，是一座民国建筑风格与现代化建筑相融合的园林景观式文化创意产业的集聚区。

南京是一个很奇特的地方。当然它的文化底蕴是相当浑厚的。这座城市的边边角角都可以追古溯今，有无数的历史、典故、逸事、文化，无数有趣的高人。但是，在当今，它的知名度与受关注的程度，比不上成都、重庆、深圳、广州等，更不用说近在咫尺的上海。它完全被上海给过掉了。而其实，南京的现代文艺暗潮涌动，甚至可以说汹涌澎湃——为什么说暗潮？它自己，过掉了我们大众老百姓，只在自己所谓艺术的小圈子里，自得其乐，自娱自乐，自我陶醉。清高到完全不需要观众似的。

南京其实有很多的艺术活动，画展、身体艺术展、立体影视展、古琴演奏展等，可是，很少大肆宣传，如我这般的关注者也很少获悉。他们默默地准备了，默默地开展了，然后，默默地结束了。反倒是经常由外省市的媒体与网络报道，才得知这些讯息，才知道原来算高规格呢。

南京的艺术，都是小众里的激昂，明显带着“独乐乐”的、不期待大众了解的清高姿态。

所以，好像、似乎，南京的大萝卜老百姓们，也是过着纯粹市井的生活，不被艺术热切关注啊。

这个院子的打扮，应该是动了心思的。有很多的小型私家美术馆：南视觉现代美术馆、南京艺事后素现代美术馆、恒当代艺术空间、南画廊。在建筑上都很有设计感。涂鸦、木建筑、厂房原生态、竹林、盆景、鹅卵石小路，什么都有一点。最醒目的是艺事后素现代美术馆：小小的、倾斜似的木建筑，褐红色。可是，在这么美丽清凉的冬季的上午，它侯门深锁，院子里明显没人打理有一段时间了。金红落叶溜边扎堆，成为行为艺术的写照。

对面是我想去看的展览：恒当代艺术空间举办的“《梦入江南》——当代江苏实力派画家精品展”。展厅布置得很大气，但空无一人。我疑惑地往里走，一个女孩从里间小办公室跑出来问我：“请问有什么事？”什么事？当然是看展览。女孩听了赶紧说，那我帮你把灯打开。于是，我一个人，在展厅里梭行踱步。真是奢侈啊。参加这个展览的12位画家都是江苏书画院里的专职画家，科班出身，屡获全国乃至世界级大奖。画作里，我喜欢石晓的“花与少女”系列，姿态肆意的彩色水粉女子和皎洁的花，工写结合，材料采用特制纸张和进口颜料，画面和人物塑造极富美感，有点我最喜欢的女画家夏俊娜的味道（这样说也许画家不喜欢）。

晌午的冬日阳光温暖而柔和。在一排落地窗前的桌案前，坐着一帮工作中的男女。走了一拨又来一拨，其中，一个黑衣女子凛然不动，他们都在向这个女子汇报工作。我听一个男子在离开前跟她握手：“徐总，那就这样了，有关宣传事宜，我们会尽力配合。”我抬头看，大概这位，就是策展人徐琳女士吧。南京古城还有一个特点，就是女子均相当强硬，并且文武双全。我要认识她。

转角遇见书香的秦淮

初夏的时候，我做了一个手术。我的病床靠着一扇窗户，窗户外面有一棵枝繁叶茂的香樟树。那几日总是下雨，为着病房里空气流通，窗户开着半扇，香樟湿润清新的香气随着风儿忽隐忽现。看着树叶沙沙晃动，绿意浓郁，我的思绪总是飘得很远，什么都不着边际地想一遍，就是不愿想眼前。医生说要静养几日，观察一下再决定能否出院。在这期间，建议我不要看书，不要刷手机——可以听听音乐，他说。

在医院里，人会忽然对自己曾经非常感兴趣的事物提不起兴趣。这个阶段让人心里跟明镜儿似的明白了一些别人不会明说的那点情况。灵与肉，其实，肉体在前。没有一个健康的体魄，心灵无处寄放。你想的，但是不能够。

等能够自己走动的时候，我迫不及待出来溜达了。太需要一些尘世的关照。

医院在夫子庙附近，一拐就会进入景区里。我很排斥那人潮汹涌的热闹，反其道而行，沿着秦淮河边慢慢溜达，往居民区聚集的地方走。不久，就看到吴敬梓纪念馆。

《儒林外史》的作者吴敬梓并不是南京人，可是特别喜欢这里，他自称“秦淮寓客”，“偶然买宅秦淮岸，殊觉胜于乡里”。他的眼光多地道啊，宅子靠近东水关，北面依靠着内秦淮河，西边就是古桃叶渡，滋味纯正的“老城南”。33 岁的吴敬梓在南京秦淮河畔，创作了中国第一部长篇讽刺小说《儒林外史》。

如今这个“吴敬梓故居”是 1997 年复建的。典型的江南院落，院子不大，假山竹林，几组雕像，惟妙惟肖地刻画了几位正在高谈阔论的明清梳辫子文人形象。

但是让我惊艳的不是这些，而是纪念馆里面沿河建起的一个巨大的玻璃书房，一个正方形牌子，红色底黑色字：“转角 · 遇见”。玻璃书房房顶是茂盛的爬藤植物，周边种植高大的泡桐树，这个季节，正开放紫色花朵，整个玻璃房好像个梦境。

一位穿斜襟唐衫的秀气女子正在堂屋里泡茶，看到我站在廊下盯着玻璃房，笑说，“你可以进去看书的。这个书房免费给公众开放”。

她帮我推开厚重的玻璃门。很宽敞明亮的空间，四面靠边摆放中式桌椅，几个竹木架子的书籍整整齐齐，都是古籍出版社出版的书，很多老南京的资料文本。这里像一个史志资料图书馆。有好几本书都品相古老，外面买不到，主要是关于金陵考据的书籍。挑选书的人士相当有品位。我拿了一本《愚园志》看了起来，女子非常客气地为我端来一杯茶，说“饮水机在那边，可以自己加水”。随即展颜一笑，留下我一人，享受这美妙的玻璃书房。

微风轻拂，抬眼可见屋顶树木伸长的绿色枝干，屋顶有落花与落叶，左手秦淮河水静静流淌，河岸生长着一簇簇黄色紫色的小花。阳光洒下来的那面窗，半扇竹帘子拖了下来。偶有鸟儿叫声，窸窸窣窣间，一只玳瑁野猫沿着玻璃墙根灵巧地跃进草丛。

我放下书，端起茶杯，四下张望。想象着如果是下雨天，或者大雪天，这间书房应该更加美妙吧。就是不看书，这么静静坐着，也是一件风雅的事啊。

我自己待了好久。没人来打搅我。终于离开的时候，问那位招待我的女士，“‘转角・遇见’是这个书房的名字吗？”女子笑眯眯回我，“这是个公益小图书馆哦。欢迎你随时来啊”。

自此，我认识了叫敏敏的纪念馆负责人，从她那里知道，这样的好地方还有好几处呢。

原来“转角・遇见”是秦淮区政府为“全民读书”活动做的一个公益项目。在这承继了千年文脉的南京老城南、秦淮古区，抬头可见大量秦淮风物、古迹，历史人文源远流长，为让市民们“转角遇见文明，转角遇见书籍”，崇德向善，特地建立了一批“转角”就能“遇见”的流动的小型图书馆、活动室。

我想使劲儿拥抱想出这个创意的人。

我在出院前的那几天，每日都出来感受人间乐趣。我沿着吴敬梓纪念馆边的内秦淮河溜溜达达，又邂逅了王昌龄宴饮处、棋峰试馆、魁光阁三处有鲜明挂牌的“转角·遇见”阅读空间。有的空间大一点，有的就一个书架、一套桌椅。但每个角落都有崭新的书籍、可以坐下来休息并阅读的地方和免费的水。心情好极了。南京真是情怀不一样的南京啊。一时间，生病的颓唐被这“转角·遇见”的心意治愈了大半。平日里忙忙碌碌，并没能及时发现这些美好，也许，让人们“生病”，能解决一些浮躁。然后，能遇见诗情画意，生命因美好的书籍和阅读而重新开启。

在平江府路，有一座民国风情小洋楼，红瓦尖顶、老虎窗、立式烟囱、带立柱的门廊。这里便是“转角·遇见”的首个项目样板——文采书屋。出院后我第一时间慕名拜访。之所以取名“文采”，是为了纪念姚文采先生。姚文采先生（1893—1958年），原名蕴丰，安徽歙县人，民国初期南京的教育家，与陶行知曾齐名并称“陶姚”。书屋墙上悬挂的姚文采和陶行知先生生平事迹展览，细细讲述了这两位著名教育家为中国教育发展做出的贡献。

文采书屋有一个大院子，摆放着300多盆形态各异的盆栽。这里面也有个有趣的小故事：有位读者很爱盆栽，养了好多，家里太小，实在放不下了，为此一直发愁。后来偶然来到离家不远的文采书屋，一下子看中了这个院子，于是和文采书屋达成免费长期寄存的约定，盆栽的打理仍由它们的主人负责。这下，这位读者放开手脚，养了更多的盆栽，成了“转角·遇见”空间的半个志愿打理人。

2018 年 2 月 7 日，位于长乐路的文采书屋作为第一个“转角·遇见”正式开放，短短两年多时间，已经有 100 处“转角·遇见”，镶嵌在秦淮的街头巷尾，“集全民阅读、全域旅游资讯查询、文明创建的志愿者服务、分享交流等功能于一体，与文博场馆、旅游景区、历史文化街区、文化产业园区等有机结合”，小书房成为展示秦淮魅力的一道风景线。“转角·遇见”空间的打造，让市民们在家门口就有了休闲好去处，让美妙的读书体验成为除了广场舞、棋牌室之外的另一个选择。行走在文学气息浓郁的秦淮河畔，转角就能遇见一个书香的秦淮。

前不久跟朋友约了去她工作的“镜见律师博物馆”参观。这是国内第一间跟法律相关的博物馆，博物馆在寸土寸金的熙南里，设计得古韵与现代相结合，我正赞叹博物馆的用心与巧思，一转弯，忽然看见“转角·遇见”的红牌标志。真的是一处转角，不大的空间，刚好放下两对小巧的沙发茶几，一架子书籍，都与旅行相关。好几本是新出版的、我正准备下单买的。看到我惊喜的表情，朋友笑道：“以后过来这边玩的话，随时来看书休息啊。”“转角·遇见”正在漫布这个城市的各个角落，不由得让人心花怒放。

在《儒林外史》第 29 回中有个著名的秦淮故事。讲金陵的两个卖粪的伙计:“坐了半日，日色已经西斜，只见两个挑粪桶的，挑了两担空桶，歇在山上。这一个拍那一个肩头道：兄弟，今日的货已经卖完了，我和你到永宁泉吃一壶水，回来再到雨花台看看落照。”吴敬梓借书中人物杜慎卿之口感叹:“真乃菜佣酒保都有六朝烟水气。”

这幅六百年前明代的民俗风景画，描绘出了南京人一直以来骨子里的风雅。作为现代的南京人，我们要承继这风雅，发扬这风雅。在这个古城的街头巷尾，转角就可遇见书香芬芳的风雅的秦淮。

万水千山近在眼前

有一次，开车从外地回南京。我们从中山门进城。适逢夏末秋初，暴雨刚歇，空气清爽极了。天边乌云密布，右方的紫金山上云雾缭绕，大有仙气。两边茂盛树木，绿得层次不同。栾树已经开始开花结果，鲜黄与橘红醒目耀眼。体育公园的水塘饱满灵动，草坪干净厚重。我有立即下车去亲近东郊的欲望。回到家，也不顾疲累，推出自行车，背上双肩包，一路疾驰而去——在南京，最美的地方是东郊，四时皆宜，老少通吃。那是我随时会去舒缓紧绷神经与处理情绪垃圾的地方。

东郊是南京的心肺。我最爱在阴雨天、下雪天，坐车到山脚下，然后，从各个方位，探寻这里的魅力密码，那是极其放松与享受的一件事。当你往天文台的方向攀登而上时，你会发现，蜿蜒的盘山道一点不比你曾经去过的某些名山大川舒缓，照样有曲有折。其间，可以停在半山腰的地方，那里有一汪清水，三五老客正在默默钓鱼，披着斗篷雨衣，大有“孤舟蓑笠翁”的架势。

“斜风细雨不须归”的豪迈感觉影响了我，于是继续甩开两臂，一路向上，雨伞也关上了，濡湿的发丝与汗水融合一体，空气里全是氧离子，简直要醉氧——就那样跌跌撞撞到了山顶，扑到栏杆边，大半个城市尽入眼底，云层缭绕间，高楼大厦好像幻影世界、玩具城堡一般。一时间，我真？还是眼底的城市真？不禁被魇住了。丝丝雨缠绵地环绕着我与大千世界，仿佛让我慢一点，不需要想得那么清楚的，只要知道，天地与我们同在即可。

下山的时候，脚步有点虚脱恍惚，我的满腹心事，化作烟雨蒙蒙，飘散在东郊梦幻空气中。

有一年，下大雪的早晨，与两位朋友相约到东郊赏雪。一步一滑，好不容易在前湖相聚。我不禁微笑。我穿着长滑雪衫和防滑靴，大围巾毛线手套，对方是一对，女方是新认识的朋友，穿薄薄呢子大衣，领口里面是件无领T恤，高跟的靴子在雪地里一踩一个坑。脸上冻得红扑扑，擦着鲜红的唇膏。我在想，我与她是多么不同的两类人，能够在雪天共赏雪景，多么奇妙的连接。一路上我们沿着湖边行走，雪地与泥地胶着，湿滑不堪。而高跟靴女孩一边走一边惊险地叫，她的男伴自顾拍照，对她并无特别照顾。然一直绕了大半个湖水，其间钻出小树林，走到大路上，又闪往紫霞湖，每个人都口里喷着白气，身体汗湿了衣襟。我已拿下猫形手套和围巾，回头一看，那女子紧跟左右，并无狼狈样。抬眼看看我，给我一个大大的笑颜：“东郊这地方，我们小时候常来玩，是我们的游乐场啊。”我也还她一个笑容，心里有点讪讪，也有点豁然。经验其实早已告诉我们，眼睛里看到的，不一定是事情的真相。真相永不为人所知——除非你放下狭隘与偏见。

太阳很快出来，东郊的雪化了大半。江南的雪稍纵即逝，那场密密的雪仿佛从未出现。坐在流徽榭歇脚，一潭静水默默无语，对面的山林树梢上还有残雪，仿佛是树枝戴着白帽子。后来我们只在镜头中找到点雪的痕迹。而这位高跟靴女友从此与我紧密相连，她的男伴倒是道不同不相为谋，出局了。看，世事难料。

有时会有喜欢四处窜的旅游狂友在微信朋友圈骚扰我的神经：我们正在某某处吃什么喝什么，晒太阳观景色……我均不为所动。身未动，心已远。我在城市里默默修行，努力工作，认真生活。城市也给我随时可以亲近的自然世界，每一条暴走的马路，每一个街边的小公园，都可以让我舒展身与心。而这座城市的骄傲，我们的挚爱——东郊，则蕴藏无限生机，随时给我慰藉与恩宠，勇气与力量。我的旅行，随时可以展开。千山万水，近在眼前。

第三章 >>

游园

YOU

YUAN

一个午后：傅抱石纪念馆

一个不上班的午后。我是怎么闲逛到这条学院路上的，不得而知。反正，我在一个午后，温度适宜的深秋的午后，站在学院路上，发呆。

不是周末，所以路上行人不多。双闰月的秋天，树叶有的飘黄坠落，有的仍旧碧绿地挂在树梢。一切都慢动作的，和着轻柔微风。路边有卖鲜花的摊位，大铁桶里插着大把美丽盛开的花，有一种艳粉色的玫瑰特别诡异，一朵一朵，端正完整，好像假的似的，美艳不可方物，挺直在桶里，把周围的康乃馨、勿忘我、桔叶梗、扶郎花都比下去了，甚至原汁原味的红色玫瑰，也显得伧俗。鼻端闻到一种清新的水的滋味，不属于任何花香，又好似容纳任何花香。

这条路上的世俗味不是那么浓。来往的人没有行色匆匆，我这样的闲人于是不是很扎眼。周围有几所著名的高等学府，所以来往人群大多闲适儒雅，女子大多衬衫长裙，男子布裤加圆领线衫，神情安静，温文尔雅。

有个女孩披着一方彩色的毛线三角披肩，手紧紧拉着，款款地走。走到一间小店门口，停下来，张望一下，进去了。这是一间音像制品的小店，在我站着的位置旁边。我的眼睛跟着她。这间店卖各种最新的欧美碟片。女孩左顾右盼了一会儿，老板出来了："新片子在这里。"很熟悉的样子。那女孩比画了一阵——原来，是韩国人。

上一次也是在这里，看到一位日本小姐，她开口问我，"你的披肩，哪里买的"？我披着和这位韩国小姐一样的披肩，是在这学院路的尽头那家小店买的。那家小店的旁边，是傅抱石美术馆。

如果不是看中了橱窗里模特身上的彩色披肩，我就这样顺着这条满是浓荫的梧桐树的小路走下去了；如果不是买下披肩后从另外一个小门出来了，我就不会发现，原来，这个小门通往一条隐蔽的上坡的路。门口一个很不耐烦的老头子，对疑惑的我说："两块。"

傅抱石纪念馆，在这条静谧的学院路一个很容易错过的路边。往上坡的地方信步走去，忽然鸦雀无声，没有人迹。拐个弯，看见一幢老式的三层楼的小洋房。周围有小小的院子，院子里有一座傅抱石的白玉雕像，安静地在树荫下沉思。一个闹中取静的世外桃源。

三层楼全是老式的木地板，红色的漆有点斑驳。木门是黄色的，门上有大的玻璃，大多是锁着的。开放的几间屋里面悬挂着的，是傅抱石作品的复制版。玻璃展柜下面是他用过的几样东西，还有几本旧书。

一直就我一个人，没有看见工作人员。很快就看完了——其实也没什么可看的。这幢房子很寂寞。是因为主人已经仙去，成了被遗忘的角落，还是感受到身外繁华其实不抵内在荒凉？

傅抱石晚年住在这个南京市最温和、最有文化气息的地方。每晚，可以在小山坡上端把藤椅，在婆娑树影后默默观察下面小路上的莘莘学子。中国人、日本人、韩国人、亚非拉人都有。美丽的少女披着披肩，一脸的青春撩人。也可以绕着不小的后山园子散步沉思，或者坐在现在雕像的位置，那儿有石凳石桌，可以跟儿孙们下盘棋——我想象他的温馨晚年。但是我知道，他的晚年不平静。

正在乱想，有人从上锁的门里走了出来。是个中年男子，穿着黑色上衣，头发很长，遮着半张脸。他旁若无人地搬着张藤椅，在我旁边 5 米的地方坐下来，点着一根烟，深深吸一口，长长吐出烟雾，然后，翘起腿，身子往后一躺，透过梧桐树稀疏的枝叶，舒适地看向山下的芸芸众生。

我默默地观察他一会儿，有点恍惚。他也不作声。周围仍旧没有人声。我准备从另外一边下去。正转身，他开口道，“那边，走不通”。我探身一看，原来山路另外一边，不知为何，变成了沟渠，有不大不小的水流穿过。于是我转身，走过那男人身边，从来时路下山。

走出几步，快拐弯了，回头看，那幢三层旧洋楼散发着优雅宁静的光芒。在淡淡夕阳里安静矗立。

那个男子也在回头看我，这时，冲我招招手。我也举起手，摆了摆。黄昏里，他显得有点脱俗，又有点寂寞。

很快转回大街，继续往前走。开始有零散的个性小店，卖有设计感的银饰，还有各种布包包。其中一间店，卖小熊饰物的手套围巾，很多女孩围着在看。还有小小的照相馆以及画廊。另外，还有书店、音像店、服装店。其中一间甜品店是我常光顾的地方。店主是英格兰来的两位金发男子。我进去买了一些店家自己做的巧克力，塞一块酒心的在嘴巴里，抿着，感受巧克力的甘香和酒的烈意。

这条安静、时尚、有文化气息的小街，周围有古老味道的建筑，飞起的房檐是中国红色，墙面是皇家黄色，窗棂漆成石青绿色，历经沧桑岁月而不显陈旧。在两旁繁茂高大的梧桐树的掩映下，显示不可侵犯的威严和沉默。这里藏龙卧虎，有很多名人故居。其中，傅抱石故居是开放的纪念馆。在这个温度适宜的深秋的午后，我终于来拜访了。

扫叶楼前听风雨

秋天一到，就记挂着去清凉山看秋叶。最好是下了一场秋雨之后。

我有一张在清凉山公园门口拍的照片。穿一件褐色系厚格子西装上衣，理一个斜斜的男生短发，戴着一双绿色的麂皮手套，扶着山门，向着前方微笑着。公园大门为牌坊式三拱门，中门上书“清凉山”三个大字，据说是扫叶楼主人龚贤所书。我正站在中门下，身后是小森林般茂盛的景，被我微微遮挡在山门内。每一位看到这张照片的人都会问，这是哪里，好漂亮啊。我心里细细想，我也算融入其中了吧……我很同意他们说的，清凉山真漂亮啊。

清凉山在南京虎踞路边，是城西一处丘林山岗，它是钟山西延的尾端，清凉山公园，囊括其中方圆四公里的样子。虎踞路上的石头城与之遥相呼应。诸葛亮曾经称金陵形势为“虎踞龙蟠”，“钟山龙蟠，石头虎踞，真乃帝王之宅也”。虎踞就是指清凉山。

清凉山公园包含丰富的历史遗迹与故事。这里有建于北宋年间的广惠禅寺，后明朝改为清凉寺；有建于明嘉靖年间的崇正书院；有千年古井“还阳井”；有诸葛亮曾经骑马经过的驻马坡。然而清凉山公园命运多舛，日军侵华期间整个清凉山被破坏，“特殊时期”又再被破坏……直到 20 世纪 70 年代末，南京城西的著名通道——城西干道开建，清凉山公园才再次被好好修缮，重新展露新颜。

在清康熙年间，金陵大家之首的画家龚贤在清凉山西麓置地半亩，建屋数间，取名半亩园，就是清凉山上那著名的“扫叶楼”所在。

“扫叶楼”是我每次去清凉山的主要念想之一。

秋光下的扫叶楼，每一级台阶上都铺着树叶。拾级而上，透过“古扫叶楼”四个大字的笔锋，仿佛还能感受到主人的风骨。当年明亡之后，龚贤不愿为清做事，隐居清凉山，做自画像，着僧服，手持扫帚，作扫叶状，他将此画悬于楼堂，以示与清朝统治者无法苟同，后人因此将他的居所称为“扫叶楼”。

这座院落始建于 1664 年，是明清式样的砖木结构二层小楼。曾经屡遭破坏。1979 年，国家重新修复扫叶楼，将楼后庭院与善庆寺连成一体，善庆寺也是明清式样，刚好成为一组结构完整、景致优雅的古建筑群。

扫叶楼为三开间二层翘角木结构，楼前翠竹婆娑，绿树掩映，楼后庭院内假山层叠。这里是清凉山上的一处清幽之所在。

小楼前可见嵌在壁间的“龚贤故居”刻石，那是林散之先生所书。

在院内小坐片刻，秋雨绵绵时光最好。整个院落在霏霏细雨中透亮又朦胧。脚下褐色悬铃木大叶子好像被雨水镶嵌在那里，秋风吹得林中“沙沙”响，成波浪形状，山林既寂寥又丰盛。龚贤曾在这里栽花种竹，深居简出，以卖字画和教学为生，并著有诗集《草香堂集》和《课徒画稿》。当年，龚贤这样介绍自己的居所:“清凉山上有台，亦名清凉台。登台而观，大江横于前，钟阜枕于后，左有莫愁，勺水如镜，右有狮岭，撮土若眉。余家即在此台之下。”

朱自清慕名来过这里。他这样描写扫叶楼:“这里是滴绿的山环抱着，山下一片滴绿的树；那绿色真是扑到人眉宇上来。在扫叶楼上却不想走，窗外的光景好像满为这座楼而设，一上楼便什么都有了……”

龚贤晚年生活窘迫。1687 年，他结识了著名的戏剧家《桃花扇》的作者孔尚任。1689 年，72 岁的龚贤在饥寒交迫中病故。孔尚任为其料理了后事，葬回昆山故居。扫叶楼从此沉寂。

沿着清凉山错落的石阶与水泥步道一路上行，也算是小小的爬山。这条古道有很多文人走过，如杜牧，如刘禹锡，如南唐二主李璟、李煜。整座清凉山古树参天，灌木丛生。雨后的山林气味清新，脚下是飘落的红枫叶、银杏叶，满目苍翠，诗意盎然。在东麓的山坡上，是古崇正书院。

明嘉靖年间设立的崇正书院，崇尚儒家学派，督学御史耿定亲自授课，并要求在江南十四郡选拔优秀人才来此培养，这里成为当时南京精英文化的中心，会集了江苏、安徽等地的尖子生。院内花草繁盛，是典型的江南园林，第三进的门楣上书“清凉胜境”。现在的崇正书院也是后期复建的。1980 年，由著名建筑家杨廷宝先生亲自设计指导，历时两年竣工。

每年春天，来崇正书院打卡的人最多。因为书院内有几株高大古老的木绣球树，一到春天，巨大的白色花球开满树枝之间，将古书院掩映其间，白色花绿意叶配着书院古意浓浓的灯笼与窗棂，仿佛明代诗人谢榛正在现场吟诵：高枝带雨压雕栏，一蒂千花白玉团。

银杏谷满是错落种植的高大银杏树。这种化石级树种是南京的瑰宝，很多地方可见。它们的叶子一黄，南京的秋冬就到了。银杏谷里黄色小扇子叶儿铺满地面，好像一层厚地毯。可以直接躺在叶子里舒舒服服撒个野。仰望高大古树缝隙间的天空，秋风打着旋儿送上两片飘起来的叶儿，视线跟着忽升忽降，须臾间仿佛看到一位青衣扫地僧一边扫地一边吟诗。那边书院少年正摇头晃脑朗声背诵孔子说……万物挪移，时空交错。一时感觉山鸣谷应，草木震动……

清凉山一定要去。最好那天细雨霏霏。

瞻园好美

每年至少要去三五次瞻园的。一次，是春天，去看那株 300 年树龄的紫藤开花。一次，是秋天，瞻园南门的一进庭院，去看那两棵百年老桂花树。然后，一次雨天，去坐在静妙堂前的木长廊上，自带热茶，听雨。冬日如果下雪的话，也要去看看那棵百余年的女贞有无压力过大？虽然工作人员很认真地说我就是闲操心。如果有朋友来，也是要带去瞻园指认一下两块镇园太湖石的——据说是宋徽宗“花石纲”的遗物，一块叫“仙人峰”，一块叫“倚云峰”。找一找它俩，晃一晃园子，谈一谈心事。

总之，瞻园，是我心中静谧温柔的后花园。

瞻园，原是朱元璋赏赐给功臣徐达的一座府第，至今已过 600 多个春秋。乾隆十六年（1751 年），乾隆首次南巡，为园林气势和佳山丽水所陶醉，御赐并题园名“瞻园”。据说是取自欧阳修诗词“瞻望玉堂，如在天上”。回北京后，他还下旨造一座“如园”，意思是如同瞻园。

太平天国之时，南京很多地方被太平军征用。瞻园首当其冲，成为东王杨秀清府，后毁于清军战火。民国时又成为国民政府内务部机关。1949 年后，公安三分局也曾在园内办公。1957 年，太平天国历史博物馆迁入。1960 年，著名古建专家刘敦祯先生主持了瞻园的恢复整理工作。瞻园终于重新焕发生机。

这个“后花园”的历史并不娴静，甚至有点惊涛骇浪。

南正门匾额“金陵第一园”，是佛学大师赵朴初撰题。本身的“瞻园”匾额，是乾隆皇帝御笔。迎面大殿“太平天国历史博物馆”的牌匾是当代文学家郭沫若题写。

西侧为这座园林的精华所在。如果有时间，在里面逛一天，也未必能将景致看完全，虽然它看上去并不大的样子。我就是觉得，常去常新。

春天，南京的花信丰富得来不及一一拜访。但我一定会算计着紫藤开花的时候。每日在玄武湖跑步，会路过一个小石廊，那上面架着一架紫藤，我密切关注，每天都研究一下。它们初开，我就开始往瞻园跑了。瞻园的那架子老紫藤啊，有 300 多年的树龄，是南京登记在册的 040 号珍稀古树名木。在静妙堂后面，有专门一个回廊，这紫藤像老奶奶一样弯着腰，攀上为她搭好的花架。但是，她盛放起来的气势，绝对是热烈、强烈、浓烈的。如果运气好，刚好是初盛阶段，我会坐在花架下的石头桌椅前，旋开事先泡好的自带雨花茶，将心爱的随身小茶杯轻轻搁在石桌子上，仔细倒出茶水。有一点点水渍印在石桌上，晕染成一幅抽象的水墨，又很快消失。我一口一口慢慢喝着，轻轻呼吸。茶叶的清香与浓烈的花香缠绕一起，我心里明明白白地知道，自己是在享受着一段美妙的时光。也不敢太贪心，喝完一个保温杯 350 毫升的茶，就起身走人。抬头看紫藤，也算一期一会。一般我都会在非周末专门来一次，这样的时光，最怕人声鼎沸。

静妙堂前的长廊也是我特别喜欢的地方。它正对一座气势不凡的假山。这座假山前有池塘，山石上有小小流瀑泻下，后衬高大树木，绿荫浓密，完全遮掩了一墙之隔的瞻园路上的车马喧哗。假山倒映在清澈的涟漪中，池塘里是一幅碧绿的海市蜃楼图。面对嶙峋假山坐着，微风过，满眼的崇山峻岭。瞻园以石取胜，静妙堂对着的是南假山，花园的北面也矗立着一座假山，挺拔高耸，小环境非常丰富，山水、花草、灌木点缀其中，据说是鸟儿们黎明时分梳理羽毛的地方。

园子里闲逛的时候，看到一位工作人员，一边巡园，一边哼着小调。走回角落的员工休息室，也是一个小小木窗阁红挑檐的小厢房，正对一个小天井，鹅卵石拼成的地面长着湿漉漉、绿油油的苔藓，他提着个黑乎乎的铁壶去一边石砌的水槽前打水准备烧茶，茶缸子里的茶叶已经准备好了。我暗暗羡慕得眼睛发绿泛红，跟他窗前的那株枝叶缤纷的南天竹似的。在这里工作，多么奢侈。

秋天的时候，在园外就能闻见桂花香。门口两株高大到“窜天”的桂花已经称王。100多年的时间，才能让属于灌木的桂花长成高大的树。很多市民不用买票在门口就可看见开黄花的美树，整个一条街上都是那沁人心脾的花香。这个时候我就又去了，因为园内的花草树木比春天更美。春天是深深浅浅、无数个色系比例的绿。秋天则是打翻了的颜料盘，小小瞻园包含了整个秋景。

瞻园非常干净，夏天里蚊虫都很少，这里面有工作人员的辛苦操持。躲在瞻园的小世界里，温度都低了两摄氏度似的。简直不敢相信门外就是车水马龙的夫子庙闹市。这种遮蔽感让人恍惚。在逐月楼前的小广场前，看一池绿水，睡莲朵朵，水鸟擦着水面啾啾叫着划过。不远处船舫、春波亭与临风轩三三对应，旖旎地翘着檐角，好像比谁飞得更高。花木葳蕤，间错环抱。满眼的“赏心乐事谁家院，良辰美景奈何天”。

愚园和它的守望者

早晨，去西门的晓书馆看了很久的书。从安静的书馆里抬起头来时，四周只剩下我一人。看看手表，时间已到中午，将四散的书籍收好，一本一本插回书架。下周继续来看。

从门西沿着城墙往东边儿走，冬日暖阳斜斜照在身上，城墙却是森冷的。墙根儿下阴湿处，植物们呈现一种休眠的暗夜绿色。枯枝倒是没有。也有艳丽的矮株红枫，时不时窜出枝叶，灿烂的金红树叶，点缀前行路。

拐进老城区。这一段路，是我在跑了“南京城墙马拉松”之后发现的巷弄里的宝藏路线。我要去看胡家花园——愚园。

前面就是集庆门鸣羊街，我从花露岗冒出来。园子的白色花墙进入眼帘。愚园沿街的粉墙上，有一些孔洞构成的花草图案，好有味道。

愚园是清末民初著名的江南园林，有“金陵狮子园”之称。

整个园林最大的特点就是以水石取胜。史学大家陈寅恪之父、著名诗人陈三立有诗云,“城中佳胜眼为疲,聊觉愚园水石奇”。著名建筑学家童寯在其《江南园林志》里提及的南京园林只有四座,首推愚园,他说,“清同治后,南京新起园林,今犹存数家,以愚园为最著,即胡园也”。

愚园历史最早可追溯至明朝,是中山王徐达后裔徐傅的别业,至今已有600多年的历史,后几经转手。清光绪二年(1876年),由胡恩燮购得。最早拟用“寄安”之名,后经朋友提议,用“大智若愚”的愚字为园名。当年设景三十六处,1915年,胡恩燮的儿子胡光国对园子进行了扩建,增设三十四景,故有前后七十景之说。南京著名史志学家陈诒绂在《金陵园墅志》里记道:江宁胡煦斋太守恩燮园……有清远堂、春晖堂、水石居、无隐精舍、分荫轩、依琴拜石之斋、青山伴读之楼、镜里芙蓉、寄安、松颜馆、牧亭、城市山林、集韵轩、漱玉、觅句廊、愚胡、渡鹤桥、柳岸波光、养俟山庄、西圃、春睡轩、在水一方、鹿坪、延青阁、啸台、梅崦、界花桥、课耕草堂、容安小舍、秋水蒹葭之馆……诸胜。光是听读这些名字,就可想象当时园内之讲究、之丰富。

在历经了各种人间离乱之后,愚园渐渐毁败,后期几乎完全消失在越来越拥挤的老门西了。那时老门西的回城老知青特别多，城墙下都搭满了“土坯房”，那种稍微空旷一点的地方更是见缝插针住满了人。有时偶尔路过，会看见破败的木质窗棂上，有灵动的刻花，高高的青石砖墙，有讲究的门楣。但在老城南，这样断断续续的宅院在陋巷里时常出现，大家都司空见惯的样子。过去再盛世华年，现在也是寻常百姓过油盐酱醋的日子更重要。惊鸿一瞥，徒增惆怅。

2011 年开始，南京市政府决定复建胡家花园。当时四处考证，在城南引起不小的反响。以前都是“拆”，现在，是复建一座古老的园林，并且，还是已经几乎完全看不出当年风采的园林。我老家就是住在老城南的，我们都听说过，胡家是大户，却都没见过胡家花园的痕迹。胡家花园真的是消失的时间太久了，只有一洼小小水塘，据说叫愚湖——哪里还能叫湖嘛！不免对即将重现的愚园有些期待……

胡家花园的复建是以著名建筑学家童寯教授所著《江南园林志》中《愚园》手绘图为蓝本的，当时还四处收集、征集老百姓手头曾经在那附近拍过的照片，还有原来住在那周边的拆迁户保留的图片影像，旨在全力还原愚园历史风貌。经过 5 年时间的修缮，2016 年，胡家花园正式对外开放。

愚园之大，令我感叹。这一个江南园林，丝毫不输苏州园林，而且格局更为开阔。光是那愚湖，就是苏州私家园林没法拥有的水域面积，据说有 6000 平方米。

愚园由内园和外园两部分组成。外园以山丘、愚湖为主，内园以假山、厅堂为主。我只绕着湖走一圈。冬日温吞吞的日光洒下来，只觉得水石清澈，画栋回廊相得益彰，步步是景。院内有许许多多的植物群落，竹林为多，一些常绿灌木丛错落掩映在假山、奇石、门廊附近，高大古松、香樟、古槐、无患子都枝叶蓬勃，苍劲伸展着，总感觉它们神情倨傲矜持，俯瞰众人。当年日本造园大师冈大路曾慕名造访愚园，后在其《中国宫苑园林史考》中盛赞胡家花园，“建筑的亭台楼阁以及布置的竹林池石等等，皆极为考究。全园结构曲折，极致清幽”。

沿湖全部是草坪，此刻正是休眠木黄色状态，感觉像铺了一层厚被子，想来春天必是青葱浓郁。我已经暗暗想好春天时候，要来这里喝茶闲坐。

容安小舍内的芭蕉树还是当年栽种，如今已有百年的历史。铭泽堂后院树下的石桌、石凳与汉白玉花盆，是愚园旧物，当年胡家最后的女主人被迫离开老宅之时，一直带在身边，几经搬迁舍不得丢弃。听说政府要复建愚园，高兴地捐出来重新放回原处。铭泽堂曾经接待过李鸿章、曾国荃、张之洞等晚清重臣、文人名士，举办过很多风雅的聚会。这些石桌石凳都是见过世面的啊。

在园内闲逛，进入胡家花园祠堂，看到一群老者在用非常地道的老南京话聊天，还有几位记者在采访他们。一问之下，原来是“南京老门西文化守望者协会”的主要成员在愚园里接受采访，讲述南京老门西的一些老故事。

这是一群七八十岁的银发老人。他们说起城南旧事来，如数家珍。亲切的老城南话一串串蹦出来，好像现场演绎南京白局。现场有一些小册子，是他们自行印刷的关于老城南的故事。其中一位穿着夹克式黑色小羽绒、个头不高、精神矍铄的老者说话特别铿锵有力，他就是协会的发起者陶起鸣老师。陶老师是一位退休教师，78 岁，也是一位地道的老门西原住民。他说，“我们是一个非营利性的文化志愿者组织，2019 年 9 月成立。老门西文化守望者协会中的成员，都是自愿加盟的，他们中有老门西原住民，有专家学者、高校教授……”协会还有“三大名誉会长”，分别是南京市原副市长奚永明、著名作家叶兆言、第 23 届奥运会女子花剑冠军栾菊杰。

这次邂逅，我知道了有这样一群文化守望者。他们自发组织起来，走街串巷，收集挖掘，探寻光阴深处的老门西故事，以这种方式延续城市文脉，留住南京城市的记忆。

“南京老门西文化守望者协会”的“办公地点”就在愚园的祠堂，是秦淮区文旅部门无偿提供给协会的。他们可以在这里组织座谈，开展活动，相聚聊天。

陶起鸣老师同时也是愚园的资深研究者，著有《南京愚园史话》。叶兆言在推荐语中写道："南京胡家花园就在这本书上。"陶老师在书中事无巨细，用文字"复建"了一座愚园。"老门西自古是达官显贵、文人世家建造园林的集中之地，仅明清两朝，就有几十座。然而，这一带的园林多毁于战火，唯愚园屡废屡建。"说起愚园，陶老师滔滔不绝。"愚园修缮前是什么样，修缮后又是什么样？我都有图像。"现在愚园用于宣传的有些资料，就是他整理考证出来的。

为了让更多人了解老南京、老门西，陶老师他们这帮银发使者办展览、开讲座、运营微信公众号、自费出期刊……不遗余力。公众号"最忆是金陵"上，更新了近千篇文章。这些文章中，有很多老居民的投稿，有些人远在海外，有些人回忆父辈的经历，有些人循着记忆找到了儿时的小伙伴——现在都已白发苍苍了！这些文章还原显现了历史长河中一个灵动的老城南，那时的烟火气儿，那时的邻里情，那时的人情往来、习俗规矩……满满的回忆杀。

愚园已成为南京历史文化保护单位，整个园林就是一部跌宕起伏的近代历史。而陶老师他们的"守望者协会"，是这部历史最好的见证者、亲历者，也是保护者与传承者。正是有了他们这群热情而有文化担当的南京人，古都的底蕴得以被挖掘，被珍视，被推崇，被发扬光大，被后辈一直铭记。这些都是六朝古都的根系，是不能，也不该被忘记的珍宝。其中的含义，欲辩已忘言……

李渔的芥子园

南京城南的“老门东历史文化街区”，是南京旅游新地标。这片街区沿着中华门城堡段的内秦淮河，抵着一段明城墙，藏着许多宝藏地方：金陵刻经、南京白局，还有德云社，还有先锋书店在一所老宅子里开出的骏慧书屋……但是，最为美妙的是，这里有个芥子园。

对，就是那著名的李渔的“芥子园”。

李渔（1611—1680年），明末清初的“大家”，原籍浙江兰溪。作为一个文化巨匠，毕生从事并擅长的文艺工作种类繁多，内涵丰富：文学创作、戏曲理论研究、戏剧、绘画、园林、养生、烹调，处处精彩。他的《闲情偶寄》包罗万象，让他成为世人眼里的“玩家”。

有一次，在金陵图书馆听讲座，著名学者薛冰老师讲明末清初的“大家”李渔在南京的故事。我对李渔的好奇和喜爱达到了一个制高点。

李渔跟南京颇有渊源。薛冰老师津津乐道地讲了李渔在南京办了好几件他人生中的大事，其一是建了“芥子园”，其二是开了个“出版社”。

300 年前，李渔来到南京，建了著名的“芥子园”。李渔的芥子园究竟在哪里呢？在他的《芥子园杂联》小序中，他写道：“孙楚酒楼，为白门古迹，家太白觞月于此，周处读书台旧址，与余居址相邻。”可是，那些地方早已经面目全非，他的芥子园也早已消失。据说“仅留一株黄杨”。

南京秦淮区政府为了复刻出“李渔的芥子园”，挖典籍，找专家，付出了扎实的努力。2018 年，在老门东，芥子园经过重建再现芳容，地址是三条营 30 号，与专家们考证的原址之一江宁路西侧老虎头 5 号相差约 300 米。

我在老门东逛荡的时候邂逅芥子园，简直吓了一跳，以为它早就消失了啊！心跳加速，第一时间冲进去参观了。

时间是暮春。小小院子绿意葱葱，花红柳绿的样子。左手一个拱形小石桥，连接一间乌瓦白墙、大木格子窗的房子，静静站在那儿，双扇木门紧锁，门楣上书绿字“一房山”。这是李渔自创名匾。芥子园到处点缀着他的自创联匾，有“孙楚楼边觞月地，孝侯台畔读书人”等佳联，“来山阁”“一房山”等匾额。

如今复建的芥子园，都是尽量按照考证的芥子园原貌来重现的。根据李渔的记录，芥子园占地不过三亩，室居其一，石居其一。园内房屋有两进，居室有楼阁、平房。园内还有浮白轩、栖云谷、月榭、歌台等建筑。栖云谷是与房屋相连的假山石洞，洞上有空穴，水置其中，流淌出来，形成滴水的景观。怪石花草点缀园内，还开挖一小水池，种植数枝荷花。李渔爱花，曾在《闲情偶寄》里写:“予有四命，各司一时：春以水仙、兰花为命，夏以莲为命，秋以秋海棠为命，冬以腊梅为命。”如今芥子园种植相对多一点的植物是石榴，因为石榴喜高，会直直往上长，不占芥子园的空间。

在池塘边的嶙峋怪石上看到一尊李渔的钓鱼坐像，穿着长衫，握着长长伸进池水的细鱼竿，旁边还放着一把紫砂壶。李渔自己要求入镜的:“有石不可无水，有水不可无山，有山有水，不可无笠翁息钓归休之地，遂营此窟以居之，是此山原为像设。”在园林中出现人物雕塑，尤其是园主人的塑像，是我国园林史上的一次标新立异的事。李渔是有奇思妙想的园林建筑设计师，他自称,“平生有两绝技，一则辩审音乐，一则制造园亭”。在他的精心雕琢之下，芥子园成为园林史上最小却最经典的园林之一。

芥子园占地不及三亩，李渔说,“地只一丘，故名芥子，状其微也。往来诸公，见其稍具丘壑，谓取‘芥子纳须弥’之义”。这就是芥子园名字的来由。须弥，是梵语，佛家传说中的宝山。“芥子纳须弥”，意思是说园虽小，然而其所蕴藏的宝藏甚多。“雨观瀑布晴观月，朝听鸣琴夜听歌。”是李渔写给自己书房的楹联。想象一下此情此景，都觉得风雅绝伦。园子小有什么关系，外面的世界再嘈杂，大门一关，小天地里尽赏人间春夏秋冬。月榭还有联：有月即登台，无论春夏秋冬；是风皆入座，不分南北西东。李渔在芥子园组了个家庭戏班，自己写剧本，自己排演，四处演出。对着池塘的月榭，就是他们的排练场地吧！在这个园子里，他完成了最为著名的《闲情偶寄》。还开了书铺自己印刷图书，编辑刻印了《芥子园画谱》。总之，李渔在南京的芥子园，度过了其人生最为惬意的一段好时光。

李渔本不是南京人，据说是因为南京“盗版”他的书籍的商家多，他特为“打击盗版”而来。而南京成就了李渔，他因此有了栖身的不动产“芥子园”，还有了自己的书店和“出版社”，出版了自己那著名的《闲情偶记》和《芥子园画谱》，并集编剧、导演、制作、经纪人于一身，带出了自己的戏班。“两三秦女善吴音，又善吹箫与弄琴。曼声细曲肠堪断，急管繁弦亦赏音。”就是形容李渔的戏班的。康熙年间，“金陵剧坛的知名人士首推李渔，金陵出名的家乐首推芥子园家乐”。他们演出活动颇为频繁，其演出范围不仅在金陵，还被请去河北、陕西、山西、浙江等地，风光一度无敌。

我对李渔有许多的好奇和佩服。他推崇“独处”，认为居家独处，是不借助外物的自我修身养性，还说节欲、读书、著述等为人生最大乐事。同时他还推崇晋魏时期，竹林七贤等文人的清淡。可他又是搞戏班，又是资深吃喝玩乐专家。每年螃蟹还未上市，就早早地存好了买螃蟹的钱，还称其为“买命钱”。他还养了一位“蟹奴”，专门给他做蟹、剥蟹。《闲情偶寄》中说：“向有以婢，勤于事蟹，即易其名为‘蟹奴’。”天，他名堂经太多，四季花也要他的命，螃蟹也要他的命。这个跟“节欲”“清淡”有点违和。这明明是有多讲究、多执着！真是又矛盾、又俗世，但是，非常可爱而丰富啊。

李渔客居南京20多年，他的高光时刻在金陵。直到现在，李渔的芥子园书肆仍然存在，历届业主仍然用芥子园的品牌刊印书籍，芥子园自制的信笺也极其优美。在芥子园的文创馆里，我还买到了描绘着细嫩绿竹的便签纸，准备送给我喜欢画画的朋友，也算是一份风雅的礼物。

甘家大院

我每年都要来甘家大院玩的。这个宅院，不但有辉煌的历史，也有活泼的现在。过去与现在，都很值得了解、欣赏与思索。

南京人都知道的“九十九间半”，就是甘家大院，正式称呼为“甘熙宅第”。位于中山南路，始建于清朝嘉庆年间(1796—1820 年)。这处宅院来头很大，纠结的故事挺多。

清朝乾嘉之际，丝织业富商甘国栋（甘熙的祖父）在嘉庆四年（1799 年)，举家搬迁到了南捕厅，建了“友恭堂”，这是“甘家大院”初始。后来宅院的扩大是甘家几代人的续建。到甘福（甘熙父亲）这一代，甘熙故居才有了“九十九间半”的规模。

解放初期，南京军管会为了安置一批原国民党将领，看中了甘家的祖宅，经协商，甘家后人将部分房屋出售给了军事学院。自此之后，甘家各房的人陆续地迁出了这个居住了近一个半世纪的大宅。大宅陷入长期无人管理的状态。

1982年，南京市文物部门在全市开展的文物普查活动中，发现了这片古建筑群。此时，老宅外貌已经是满目疮痍，里外前后住满了各种来路的人家。但是，内在的筋骨光彩是遮掩不住的。当时，著名的古建筑学家、东南大学教授潘古西先生一眼就看出甘家大宅不同一般，认为甘家大院不仅是南京传统民居的代表，更是南京一处重要的文化遗产，应该尽快予以保护。

南京市政府为了重新恢复这座老宅的风华，付出了大量人力与物力。首先，就是出巨资将当时居住在甘家大院的居民悉数迁出。从1986年起，逐步开始对甘家大院进行修缮。1992年，清华大学教授吴良镛先生在参观完初步修缮的甘家大院后，感叹在南京这样的大都市中还能存有这样完整的大型古民居群，实在是非常稀有的。2001年开始，南京市政府再次对这片古建筑群展开全面抢救；2006年，甘熙宅第被国务院公布为全国重点文物保护单位，这片古建筑群正式取名为“甘熙宅第”。甘家大院重新出现在众人眼前。

甘熙故居总共有160多间屋子，却谦称为“九十九间半”。民间有这样的说法：中国最大的帝王宫殿是北京紫禁城，为“九千九百九十九间半”；最大的官僚府第是山东曲阜的孔府，为“九百九十九间半”；而南京甘熙故居是最大的平民住宅，老百姓最大数不过“百”，“九十九间半”就是最大与最好的。

“青砖小瓦马头墙，回廊挂落花格窗。”是甘熙故居的真实写照。正大门掩映在茂盛的植物中，非常低调。门口有两个石狮子，门楼有翘角和砖雕，镶嵌在粉墙黛瓦的院墙之上。门楣上的砖雕匾额题写了“桐荫”两字，出自甘熙的《桐荫随笔》。院内随处可见错落有致的高大枇杷树、老香樟、古槐、松柏等，马头墙上爬满绿色攀援藤蔓，不同季节开出蔷薇、凌霄等绚烂花朵。冬天腊梅香飘出园外，令人驻足。秋天一进园，桂花香气兜头兜脸，熏醉游人。有时会看到墙另一边有植物的枝条越墙伸到这边，成为窗格一景。北方常见的连接楼堂的“跑马楼”被移接到了江南，使宅院的过渡紧密而自然。庭院及天井内铺地的石板、砖、瓦或卵石等均拼成各式图案，空间较大的庭院里均点缀有山石花木。整座建筑集徽派、京派之精华，门窗、梁枋、天井、栏杆、隔断等处均有木雕或砖雕装饰，所饰题材丰富，有人物、花鸟、走兽、文字、民间故事、神话传说等，图案雕琢精美、寓意吉祥，每个院落都自成格局又浑然一体。为防止火灾，风火墙建得很高，每个院落都有水井，共计 30 多口，都是嘉庆年间建造的。几组宅院均可通向东南角的花园。园中小桥流水、假山堆叠，亭台楼阁木长廊，种植各种树木花草，像一个周全的江南小园林。建筑群内虽有房“九十九间半”，但却只设一个主入口，想进入宅内，必须通过那个把守着两个石狮子的正门，体现了中国封建大家庭不另立门户的传统观念。在宅子里绕来绕去真的可以绕晕。“九十九间半”绝非虚言。

甘家虽经商发迹，但后代均酷爱文艺。甘家大院内的津逮楼，曾是金陵第一藏书圣地，现藏于上海图书馆的宋版《金石录》就出自甘家。甘熙本人精通堪舆，曾为道光皇帝勘定陵寝，他还是方志学家，著有南京掌故笔记《白下琐言》。甘家的另一个名人甘贡三不仅精通诗词书画，在戏曲音乐上也很出彩，有着“江南笛王”的美誉。甘家后人和梅兰芳关系非常好，著名黄梅戏表演艺术家严凤英在解放初期也曾在甘家大院住过，为了在此地学习京剧与昆曲。至今甘家还有她的一间闺房，摆着她的大照片，还有一架专门为她准备的木质老钢琴。

鉴于甘家人在商界、政界以及文化界的地位和影响，许多民国政要、社会名流都时常出入于甘家大院，当年的甘家大院经常是高朋满座，丝竹之声不绝于耳，可以说是“谈笑有鸿儒，往来无白丁”。

现在的甘家大院是南京市的民俗博物馆，也是非遗博物馆。一进门的左手是个茶社，周末有京剧、昆曲或者南京白局的表演。在一间一间曲折幽回的堂屋里，可以看见老南京的民俗文化展览，有照片，有实物。其中有消失了的“金陵十八坊”展览，还有一些南京特有的手工艺以及传统表演，如南京绒花，有老师傅现场扭绒花。正月十五的秦淮花灯，这里也有专门的展示，可以定做，也有师傅可以教你。也有南京著名的云锦展览。有一次，我误打误撞进去一间像是闺房小教室的厅堂，邂逅了南京白局的传承人——七十多岁的黄玲玲老师，她正在给几个小孩子上课。黄老师一身红衣，精神气儿十足，她的小弟子们跟着她说着老南京话的段子，唱歌儿似的，我也在一边悄悄学了一会儿，乐不可支。一边欣赏老宅，一边欣赏南京特有的民间艺术，九十九间半，可以逛好久好久。

这里有一只虎皮纹肥猫，已成为镇宅之宝，平时蜷缩在门口石狮子脚下眯缝着猫眼晒太阳，保安们定期买小鱼喂，还要看它心情好不好才决定吃不吃。一身肥膘简直似小猪。但据说一到黄昏，就会“像变了个猫”似的，身形矫健一跃而起，飞上屋顶。黄昏中俯瞰廊下众人，甚是警惕。原来晚上这园子会放大狼狗看门护院，狼狗咬死过很多野猫，唯独对这只镇宅之宝无可奈何。夜晚，猫狗一上一下，守护着老宅。

站在花园假山上，从马头墙檐望出，高楼大厦环抱四周，这一处古宅静静独立，真有点时空交错之恍然。

城南近年炙手可热的“熙南里”就是依托着甘熙故居建起来的历史文化街区。逛完了老宅院，出来可以信步走走这里，不远处有国内唯一一间律师博物馆“镜见”，也可以去复兴书店淘一淘老书，顺便坐在它的后花园喝口茶。有个雨天，我看见长长的看不见尽头的汉服队伍，裙裾飘飘行走在这古街上，一时恍惚万分，以为穿越了。又有一次，南京的古书集市在此处举办，很多文化名人出现，例如，毕飞宇、薛冰，衣着光鲜、头挨头地淘旧书。

南京是座奇幻的城市，南京人，心大得很。古风与新潮无缝对接，自自然然，一点不违和。

第四章 >>

寻味

XUN

WEI

南京的百般滋味在舌尖

那还是上学的时候，放假，回南京小住。贪玩，没有直接回亲戚家，和几个朋友直奔夫子庙，大逛一天。那时的夫子庙，热闹非比寻常。东西市场是古玩一条街，我们几个穷学生流连了一整天，得红木“不求人”一只。饿了，先跑到一个街边小店，要三鲜炒面一盘，但见焦黄的面拌着白色豆芽，碧绿小青菜穿插其间，肉丝和腐竹隐隐若现，一朵特别圆、特别大、特别平整的煎蛋楚楚动人地卧在正中——一戳，还流汁儿呢。我正看着，同伴已吃剩一半。那天还扫荡了绿柳居的牛肉生煎，吃了状元楼的皮蛋瘦肉粥，喝了夜市上的鸭血粉丝汤，买了街边的鸭舌头来嚼，还切了一块莲藕夹糯米饭，最后，蹲在路边噎下了两只旺鸡蛋。

吃到走路的时候低不下头。

那时候我就知道南京是个非常适合生活的地方。

这些年南京的饮食是越来越疯狂。我有一帮狂爱吃又会吃的朋友，经常会来打搅我的减肥计划。冬天的时候吃烧鸡公，专门在小巷子里的定点小饭馆，要草小公鸡。另上一盘鸭拐配啤酒。后来又吃酸菜鱼，我狂挑里面的酸菜，鱼反成了陪衬。不久又流行吃泉水鱼，跑到山西路，还是吃熟的人家，要一条银白色的肥鲫鱼，清清的一锅汤，那其实是鱼的油。拣一筷子，鱼肉娇嫩直逼螃蟹。后来吃毛血旺，我当然是冲着其精华——膳丝而去。小鱼锅贴是我的最爱，一整条红烧的鲤鱼，汤汁浓郁，配整张薄脆的油饼，把饼子泡在汤汁里，裹了鱼肉，那味道、简直了……碰到吃火锅，我眉头皱皱：全涮成一个味了嘛。朋友笑我土，“火锅也有好多吃法和不同口味啊”！于是三牌楼的大骨头汤火锅我喝浓汤；金丝利边上的小肥羊我爱上了它的粉皮猪脑和另类蘸酱：那是由碎成酱状的绿色芫荽、王致和红腐乳、米色花生酱等混合而成，光吃酱汁我也没意见。还有烧兔公、芥末鸡——这个芥末鸡就是吃友的绝活了：把一只草公鸡用高压锅蒸熟，撕成一条一条，由专门的祖传山东老卤配指定牌子的芥末调拌而成。秘诀在老卤上，据说这个老卤引子已有百八十年——我想起梁朝伟跟郑秀文演的电影，讲梁家的面做得特别独到，秘诀就在老卤，那个卤脏到出蛆，傻女郑很辛苦地给倒掉了……想到这里，我嘴里有点不舒服，虽然当时吃的时候，打嘴巴都不肯丢。

夏天来临，全市人民都疯狂对付小龙虾——就是那个以前在阴沟里出入的红彤彤的东西，当然，因为南京人民的盛情，现如今它们已经由专人饲养。我有一朋友形容吃小龙虾忒形象：“一铝盆红通通的端上来，小龙虾们全须全尾，入得画来。右手执头，左手掣尾，生生一撕，裸出一截腴白的胴体——若是电影镜头，一定轻描淡写隐了一段辣手摧花——入口香甘，我只嫌它不够辣。”呵呵，她已经辣得满脸包了，回去要大把吃牛黄解毒丸。这个吃法，最好在小风徐徐的夏日傍晚，把桌子摆在露天，冰冻啤酒必不可少。可同伴相约，更好是独自一人，一边吃一边喝，微醺时分，想想人生不如意事，哪里可以与美味相媲美，简直就不值一提。歪歪倒倒走在回家的路上，人生之美妙均涌上心头，此时可以高歌一曲……

南京最吸引人的是它的风味吃食全部是平民化的，走在任何一条小街小巷，都能寻到正宗的小笼包、鸭油烧饼、葱花麻油小馄饨、血糯豆沙粥、酒酿小元宵、冰糖芋头粥、辣糊烫、牛肉粉丝汤、各式的炒面水饺……这个点一点儿，那个尝一尝，决不会撑着，晚饭继续。

下班的时候，共享单车一停，今天在“紫燕”买半斤夫妻肺片，明天在“旭阳”的老店斩半只盐水鸭，再来点素烧鹅，老板还会介绍你说，今天的糖醋小排很好，鸡心卤得浓，刚好下酒……不会烧菜又怎样，小日子照样过飞了。

在南京，口福是非常丰富的，减肥是比较困难的。

一起吃早餐

周末的早晨，7 点。熬夜看了网球比赛的我俩，在渐渐大亮的天光里伸个懒腰，决定一起吃个早餐再补觉。

微雨。清凉的初秋天气。著名的早餐店芳婆门前已经排起长龙。上班日的早晨，这里总是人头攒动，路过这里，我一边快速通过，一边在想，早晨的时间这么紧张，一大早排队买早饭真是奢侈的事啊！周末时分，还是这么多人，我不禁好奇，周末不睡个懒觉，来买早餐的都是什么人呢？

“啊，老张，又看到你哎。”队伍里出现一把南京话女腔。一个穿着花睡裤，拎着小竹篮子的阿姨在与熟人打招呼。“哎，是的啊，又碰到了。我在附近，下夜班，刚好带早饭回去一起吃。”“你每天都来买啊？”“不是的，平时他们都不在家，周末大家难得一起。”“我们也是的，平时小孩天不亮就走了，难得碰到。反正每次下夜班我就买早饭回去一起吃。”说话间已经到两人，阿姨很夸张，从竹篮子里拿出三个 350 毫升的长方形乐扣密封盒，分别要了酒酿元宵、辣糊汤、糖芋苗。“咔嗒咔嗒”盖紧后，又要三个八宝饭、三个肉粽、三个老卤蛋、三个南瓜饼，两套老油条黑米蒸饭。老张笑道：“这么多吃得完吗？”这位阿姨麻利地收拢东西到篮子里，说，“他们喜欢哪样就吃哪样……再见啊”！一溜小跑，消失在微雨中。

芳婆这家早餐店在南京非常有名。早饭品种繁多，以黑米粢饭、老卤蛋、自制酒酿最著名，间或的时令甜水，如秋天才有的糖芋苗，穿插其中。是的，这些东西其他地方也有，但是就是芳婆的特别出名。因为什么？当然是用心。

例如，她们的季节限定款糖芋苗，用的是芋头。因为芋头要比芋苗嫩。芳婆另一道招牌小吃酒酿元宵，糯糯的小元宵加上酒酿、桂花、赤豆，酒酿千万不能放多，放多了加热之后会发酸，但也不能少，少了能叫酒酿元宵嘛！芳婆酒酿放的就是刚刚好。这都需要日积月累的经验。就是这些关键的细节，让芳婆屹立不倒。

都知道芳婆是家老店，但到底开了多久呢？据说 20 世纪 80 年代芳婆就已经挑着担子走街串巷卖糕点了，不过那时只卖蒸儿糕，后来有了门店后才慢慢增加了小吃的品种。不少南京人说芳婆是他们从小吃到大的店，以前还看见芳婆亲自出来做早点呢，现在已经传给家里的小辈了。

几位操持的老阿姨们动作娴熟，配合默契。排队虽长，但进度很快。这期间，形形色色的男女老幼都出现在了队伍里，有骑车来的，有开车来的；有穿着睡衣裤睡眼惺忪就出现的，也有整装待发斗志昂扬的。大家都耐心等待，挑选自己想要的，很多是一买几份。在这样一个平淡的早晨，能有一起吃早饭的家人，是一件多么令人安心的事。

世事流转，光阴飞梭。大家的时间都那么不够，时间表也不尽相同。而每个早晨，时间多么宝贵，能多睡一分钟都是好的。也许，我6点半出门，她是8点，而他可能是9点。不同的时间表让家人一起吃早餐变成奢侈。看着这些买早餐的人们，看着他们拎着食品袋，飞快离开各自奔回家的样子，不难体会大家珍惜与家人相处的那份心意。

在这样一个不眠周末，居然成全了我们一起吃早餐的时光，平时的我们也很难一起吃个早饭的。两人不禁都有些感慨。轮到我们了，我听到他大声说，“两份黑米蒸饭，一个包老油条加肉松，一个嫩油条加卤蛋。两份辣糊汤，打包带走”。两人相视一笑，手拉手回家去。

春天的滋味

我在南京认识了一种树，叫作“臭椿树”。当时我还兀自暗笑，难道还有香椿树不成——还真有。谷雨前后，菜场上开始卖一种叫作“香椿头”的东西，紫色头，慢慢变棕红，到尾部变丝丝绿，小小一把，就是香椿树在春天的嫩芽，很宝贵的。第一次吃，是在新认识的朋友杨非家。

这个姑娘是我在南京报社组稿会议上认识的一位工作人员，消瘦，中分长头发，一抬头，一双乌黑杏眼似有千言万语般看过来，幽幽的。总觉得她不像是一般的工作人员。接触多了，她告诉我，是从医院辞职出来的，在这家报社先做做看是否合适。我们无来由地觉得亲切。我初来乍到南京城，而她是这里生这里长的原住民，连大学也是这里上的。

一天，她邀请我去家里吃饭。我知道她父母都是大学教授，有点不安，心里想，教授们那么忙，哪里有时间烧饭招待女儿的朋友。一进家门，她的妈妈热情地招呼我，让我一下放松了。杨妈妈高个子，年轻时候一定也是美女，双眼皮、大眼睛，跟杨非对话似姐妹，她说："我觉得我得把上眼皮做个提拉手术，眼皮往下耷拉呢，人家是双眼皮，我成三眼皮了！"杨非父亲瘦高个子，戴副眼镜，英俊儒雅。他是某一个领域的泰斗级人物，但对女儿溺爱万分，对我也是亲切自然。这个知识分子家庭宽松而自由，所以杨非才会因为跟院长口角而直接以辞职来抗议吧。杨非说刚辞职那会没有找工作，每天只是睡睡逛逛。但衣兜里总是有钱。爸妈轮流悄悄塞钱给她，生怕她没钱用，从来没有说过一句重话，只希望她快乐。

那天饭桌上有香椿头蛋饼。是把香椿头切得碎碎的，与鸡蛋液混合，在油锅里摊成圆圆的饼子状，然后像切披萨一样切成三角形来吃。香椿有种特殊的野气，这是我第一次吃到这个奇怪味道的菜式。是杨非的教授妈妈下班后，去菜市场买了时令菜，回来拾掇好了，现炒给我们吃的。但见杨妈妈放下背包，穿着围裙，站在灶台前，简单蒸炒一番，并不显得大费周章，就端出一桌春天。那天餐桌上还有绿绿的马兰头炒香干、红白的凉拌洋花萝卜，又一锅牛奶般浓郁的鱼汤炖豆腐，说是时令的白鱼。杨妈妈频频劝我多吃，说，"都是春天的好东西，趁新鲜快吃"。吃完饭，教授父亲进入书房，教授妈妈进入厨房，一点不让我们插手洗碗。我俩钻进杨非的卧室，翻看她收集的大堆时尚画报。过一会，妈妈来拍拍门，说，"你们两个好好玩，我上课去啦"！原来杨非妈妈晚间还代大学的计算机编程课。后来我还去听过呢。教授妈妈在讲台上洋洋洒洒，桃李天下。我暗暗将她当作人生的榜样。

再后来，杨非出国了。每年的春天，我也开始关注菜场，那些时鲜春物价格不菲，口味却不太如杨妈妈当年端出的春天滋味。每年香椿头炒蛋、马兰头炒干子以及洋花萝卜和白鱼，都让我深深地念想起这非凡的一家人来。

荠菜圆子

春天万物复苏，但是老公公却再一次住进了医院。我带了荠菜饺子去医院看他。已经患老年痴呆症 8 年的老公公早不认识我了，但对荠菜特有的味道还很敏感。他虚弱地说："是荠菜啊。"老公公 88 岁，80 岁那年中风，后几年完整演绎了阿尔兹海默症的发病历史。他躺在病床上，脸庞消瘦但潮红，眼神没有焦点。可是在他谁也认不出的情况下，不管谁来看他，他还是努力拉着嘴角微笑着并很有礼貌地说，"……来啦"！哪怕眼睛只是微微张一下。老式的礼节并未被病魔带走，是骨子里的修养。

老公公在 80 岁之前的所有时光，都是康健敏捷的。思维特别爽利，家里大事小事都安排得妥妥当当。家族里有什么事儿都是听他的建议与意见。他平时并不下厨房，但每年春天，他必选的动作是包荠菜圆子。荠菜一上市，就去买来。拣菜最费工夫。荠菜的根部最有营养，但是也最脏，泥巴都卡在那里。他是用手指甲把泥巴一点一点抠掉，再把黄叶择掉。一颗一颗弄得干干净净，再在清水里漂洗好几遍。之前买好的肉用刀斩得碎碎的，放上各种调料，在油锅里先炒一下，放凉，与切碎的荠菜拌在一起。包团子的糯米面要用开水来揉，揉好久好久，揉得有韧劲儿，圆子才好吃。大盆里荠菜肉末混好，糯米面团被揪成一个一个小疙瘩，面前摆一小碗开水。老公公站在案板前，有条不紊地开始包圆子。从到菜市场买来荠菜、鲜肉，到其间一系列操作，老公公不要任何人帮忙，自己一人不慌不忙、宜宜当当，等馅料盆发出刮擦的空空声音，面团也剩下最后一个，真是天衣无缝。老公公的荠菜圆子个头大，饭量小的我几乎吃一个就饱了！鲜、黏、有嚼头，荠菜特有的香味让人回味。不由得对老公公的手艺赞不绝口。

每年春天，老公公都要包几次荠菜圆子，分送各位亲戚朋友。这已经成为家里开启春天的一种仪式。说起荠菜，我们脑海中出现的就是老公公包的个大无比的雪白的荠菜圆子，依稀可以透出里面嫩嫩的绿色，好像翡翠团子。而自从他中风以后，我就再也没吃过那么大、那么可口的荠菜圆子了。病床上的老公公只吃得下流食，我带去病房的荠菜饺子，老公公象征性地吃了一个，其他的都在搅拌机里混成了菜泥。

我还是经常觉得不可思议，那个不怒自威的老公公，那个头脑敏捷的长辈，真的是病床上的这位老人吗？时空交错，春天年年来，可是与我们在一起的亲人却不再能赏春。还好，吃完了这个春天的荠菜饺子，我们还可以在一起，期待下一个春天。

十二鲜

夏夜。炎热，闷和潮湿。路口执勤的警察穿着发出金属黄色光的背心，一额汗地在盘查酒后驾车的人，边上两个协警背上都被汗水洇湿了。出地铁站的人一脸疲倦，在路边小卖部买一瓶冰冻脉动，自言自语：“饿了，要来碗三鲜面就好了。”然后，小店老板、警察齐齐把手一指，“那边——”是面馆，也是他们收工后要去的地方。

南京的大街小巷，随时可以找到这样大大咧咧的面店。操作间一般都放在最靠外面的马路边，无须进门，就能看见店家抖着大锅、操着大勺，忙得热火朝天的样子。店里卖着各种风味的面，便宜实惠量足。因为地处南北交接，所以南北各种面都有。就像这个大萝卜般的城市，无所谓，不介意，包罗万象，门槛低。

但是呢，有一种面，却是南京的独特出产。就是三鲜面、五鲜面、六鲜面……全家福十二鲜面！话说南京人比较实惠，吃面，是连汤带水的。南京本地不下那种干面拌面，我们都是“汤面”。汤是白水汤哦，不那么讲究是“高汤”。如果在大饭店里，吃完了大锅水煮鱼、酸菜鱼、老鸭煲、乳鸽汤，你说“请在这汤里下点面”，任是什么大店，都会一声“好咧”，去给你下面去。反正，汤面，南京人也会亲切地称之为“小煮面”，是南京人吃面的基本。基本款是三鲜面——一把绿油油的青菜，鲜艳艳的西红柿，黄澄澄地卧个鸡蛋，可以是全熟半熟或者荷包蛋，随你口味。色香味俱全，看着就食欲蠢蠢。

如果这天心情特好、不好、特有钱、想奢侈、请小女友、有可值得庆幸的事、想犒劳自己……不论什么原因，想在面条里加东西，你可以点五鲜面、六鲜面……一直到全家福面。满满一海碗的不是面条，是铺在面条上的配菜，有 12 种（其实还不止噢）之多！这些配菜有：皮肚、香肠、猪肝、肉丝、雪菜、木耳、鸡丝、油渣、卤牛肉、小排大排、什锦菜、黄豆芽、酸豇豆……每家店里都会有店主的私房菜单。盛面的碗是 30 厘米的蓝边海碗，名副其实的分量和内容啊，老板颤颤巍巍端上来了，还要来一句：“要辣油啊？”噫，这就全了。

阴冷的冬天，饥肠辘辘的路人捧着大碗、吸着鼻子、毫不顾形象地大口往嘴里拖面，那是一种暖入心肺的享受啊。到了夏天，店家会先将面煮熟，然后过了冷水，搭配上适宜夏季吃的

“十二鲜”，辣白菜、扬州小菜、酸黄瓜、糖醋萝卜之类，变出来的“小煮面”集冷面、凉面、拌面、水面于一身，啊，爽！

三鲜小煮面在南京是最平民化的美食。一大碗面，种类不同，多则十来块钱，少则三五块，谁都吃得起。老人孩子都喜欢拿这面当早点，一碗面连汤带水，有荤有素，营养了得；上班族更是会在中午或晚上三五成群去吃上一碗，老幼咸宜，雅俗共赏。这面里，有南京人实在的民风，包容万象的情怀。

必须是芦蒿啊

我刚到南京独立生活的时候，有一次，大哥来看我，说好在车站接了他去我家。我骑着我的座驾——新置的公主把黄色 26 自行车，自觉英姿飒爽地等在站台。哥哥从公交车上下来，远远看看我，惯常一句，“忙什么呢”？往我自行车车兜里瞥一眼。那天哥哥请我在外面饭店吃了一顿。相聚后没两天，接到远在新疆的妈妈的电话，“独立生活怎么样啊？大哥说你骑个自行车，车筐里装着几个西红柿土豆和一把野菜。你不要太节省，要吃肉啊。钱不够吗？妈妈给你寄点……”我一时语塞，大脑急速旋转，那天我买啥啦让哥哥留下这个“寒酸”的印象？什么野菜啊，明明是金贵无比的芦蒿好不好！

我从小到大不擅厨艺，对吃没有什么讲究，总归浓油赤酱的都好吃。吃饱肚子不妨碍“干革命”就得。没有特别不爱吃的，也没有特别爱吃的。到南京工作生活以后，第一次吃到芦蒿，惊为天物！怎么可以有这么美味的“野草”啊！对，我婶婶说，这是一种能吃的“野草”。后来我独立掌管厨房，难得要开灶的话，芦蒿必不可少。

南京人非常爱吃野菜，有“金陵三草”（菊花脑、枸杞头、马兰头）和“早春四野”（芥菜、马兰头、芦蒿、野蒜），最后经典总结“七头一脑”（马兰头、荠菜头、枸杞头、香椿头、豌豆头、苜蓿头、小蒜头、菊花脑）之说。这些野生的草啊、头头脑脑的啊，都是南京人的心头好，它们预示着生机勃勃的春天来啦。而芦蒿则是春天即将到来的前兆。

芦蒿在冬天开始出现。那时，正是进九之时。本身芦蒿是一种天生地长的野菜，散落在江滩和芦苇沙洲上。长江边儿是它们的大本营之一。至今南京的芦蒿基地都是在长江中的江心洲、八卦洲。一开始是野生的，是绿色带红的“野草”。进入春节来临的二月，是它们长势最好的时候。所以南京人家的过年宴席上，都少不了芦蒿的捧场。可以一直吃到阳春三月。不过呢，再过一段时间就不行了。南京老人家有话说：“二月芦，三月蒿，四月五月当柴烧。”往后的芦蒿就不好吃了。

但芦蒿作为“春天来临的号角”，它下市，接着那些“七头一脑”就会纷至沓来，一点不用感伤。不过，我独爱芦蒿。趁着芦蒿新发，只要有机会，我会从凛冬一直吃到春天。

芦蒿的味道是很特别的。入口脆嫩，辛气清涩，南京人喜欢说这是“蒿子味”，有些人可能不习惯，觉得这股“青蒿子气”有点冲。这些人一般都是不在水边生活的内陆人。但是，我敢说，吃过一两次之后，几乎没有人不爱上芦蒿的滋味。

一开始，我一直以为只有南京有芦蒿。或者说南京是芦蒿的盛产之地。后来发现从南京到镇江，甚至再上溯到武汉，沿江一带似乎都有芦蒿隐隐幢幢的身姿。原来，芦蒿是大江大河留给人类的恩物啊。“共饮长江水”不是简单一说的。因为在江河之中心地带，南京人尤其幸福。

芦蒿吃的是它的茎干。这个择芦蒿也有很多讲究。芦蒿是绝对不能用刀切的。一切就沾染了铁锈味。择芦蒿是要用“掐”的。南京人叫“掐动吃动”。用大拇指甲顺着秆子掐成一小段一小段，直到掐不动。择菜时一斤要掐掉 8 两，单剩下一段段的芦蒿秆子尖儿。坐在小板凳上忙乎半天，拿起择好的一小把芦蒿，再看看丢掉的一大堆秆子，真是 1∶4。讲究的人家还要把芦蒿放在水中略微浸泡一会儿去腥，我爱那腥气，冲洗干净就好。而掐过芦蒿的手指甲啊，好几天都是黑黑的，那是被蒿子汁儿染色的，难洗掉。所以请你吃自家炒芦蒿的，都是真爱啊，一方面，时鲜菜，贵啊！一方面，难择啊！

芦蒿有很多种炒法。好多人家配之以干丝、肉丝、红椒丝等，再高大上点，腊肉炒芦蒿。这是春节期间老南京人家桌上的必备，贵重体面。我婶婶做这道菜特别拿手。炒锅上热油，投进干椒、腊肉、姜、蒜煸香，倒入芦蒿略煸炒片刻，调味后起锅装盘。红红绿绿，有荤有素，腊肉滋着油，芦蒿发着光。一筷子夹满，一大口吞入，咀嚼间，咯吱声，磨牙声，声声入耳，耳鼻喉间都是喷喷脆香。

但其实最经典的芦蒿做法，是配素食，如香干或者臭干。除了一点油、盐，不再加别的调味料，简单翻炒就清香四溢了。在南京生活的曹雪芹是个会吃的讲究人，在《红楼梦》第六十一回，燕儿吩咐柳家的“晴雯姐姐要吃芦蒿。荤的因不好才另叫你炒个面筋的，少搁油才好”，这都是吃芦蒿的精髓啊。

不过，我更喜欢的，是，芦蒿炒芦蒿。对，就是清炒芦蒿，只放油盐。吃到嘴里，那种独有的滋味啊，鲜而悠长。汪曾祺老先生曾经讲过一句，“食时如坐在河边闻到新涨的春水的气味”。就是这个意境。

我就着一盘清炒芦蒿，可以吃下一碗白饭。

自古以来，芦蒿就是家喻户晓的野菜，是江边人家的家常。苏东坡在《惠崇春江晚景》一诗里写："竹外桃花三两枝，春江水暖鸭先知。蒌蒿满地芦芽短，正是河豚欲上时。"这里的蒌蒿即是芦蒿，芦蒿和桃花都是春的使者。1084 年，苏东坡被宋神宗派往汝州，取道来南京，与王安石在钟山脚下相聚，他品尝了南京芦蒿后，大为赞美，曾写诗"初闻蒌蒿美，初见新芽赤"。江边湖畔野生的芦蒿是红头绿尾的，越红野味越重。可是随着人口增加、城市发展，野生芦蒿几乎绝迹了。近年来南京人吃的大都是江心洲人工培植的大棚芦蒿，大棚出来的芦蒿是全绿的。也很清香，更加肥嫩。但是呢，少了那么一点"野气"。

有位著名的主持人到南京来，走的时候什么也不要，只是拜托朋友给准备了一麻袋的芦蒿。作为北方人的他，在吃过几次芦蒿后，深深爱上了南京的野草，以后的每年冬天芦蒿季节开始之时，他都不辞劳苦，或拜托朋友、或自己肩扛手提，总之是要吃到这一口"春水的气味"，一时传为美谈。

我们在南京请外地朋友吃饭的话，只要当季，必须是有芦蒿的。我每次都会得意扬扬地介绍，"这芦蒿啊，是我们南京特有的。曾经那谁谁，每次来南京都要带走一麻袋……"

至于是不是南京特有——那必须一定是的。

纪念我的三婶

我初来南京的时候，曾经在三叔三婶家叨扰了三年。在叔婶家的日子，让我终于了解到“民以食为天”的乐趣。三婶在我眼里，是那种全能女性。她是当年花露岗服装厂的女厂长，带领一个百来人的小工厂，经历改革，自找出路，再次创业，进入合资工厂，免予大家“下岗”命运，我看到过她在那些追随了她很久的工人面前的威信。同时，下了班，回到家，脱掉黑色矮跟皮鞋的她，喝一口茶，围裙一系，进厨房里，三下五除二，厨房里食物的香气立即充斥整个家。三婶做饭从不要别人帮忙，也从没有不耐烦。不论在外面工作多么辛苦，回来都会好好烧一顿全家人的晚餐，不见得多么刻意，但每个菜都色香味俱全。这段晚饭时光，让一个家的氛围立即不一样了。三婶不但会烧饭，而且烧得很好。那些复杂的蒸煮煨腌，在她手中都不是个事。我觉得那是天赋，是一个江南女子的兰心蕙质的体现。

三婶的一个本事是，无论家里突然来了朋友，还是工作忙没什么准备，她都能去厨房里变出一桌菜来。热气腾腾，有汤有水的。记得有一次，我看是真的什么都没有啊，可是她让叔叔去楼下鸭子店斩一点鸭子，自己从厨房拿出个电磁炉，烧上水，端出几个盘子：家里剩下的半颗圆白菜，冰箱里半包粉丝，一点过年剩下的蛋卷……林林总总，弄出一锅热气腾腾的火锅来。记得那是初冬的一个晚上，外面已经刮起冬天的北风。三婶三叔下班到家，天已黑，看见不速之客——两位远房亲戚讪讪地端坐家中。那是 20 年之前，彼时大家都不富裕，出门请一桌还不是寻常事态。三婶的这个临时起意的火锅解决了五个大人吃饭的燃眉之急，也深深温暖了寒夜的旅人。

婶婶爱吃甜食，我发工资了会给她买三山街糕团店的萨其马。逢年过节她会买糕团店的切片糕，装在碟子里。有黑芝麻和白芝麻两种，脆又粘牙，香香的。婶婶说取其“年年高”的意思。一年至少一次，远方的亲人（我爸妈或者婶婶的弟弟一家）来南京，一定要早早去夫子庙的奇芳阁占座位吃早茶。对，就是张恨水念念不忘的那家茶楼。1945 年的时候它“面对秦淮河，隔壁是夫子庙前广场，是个热闹中心点。无论你去得多早，这茶楼上下，已是人声哄哄，高朋满座”。现在还是这样紧俏的，要早早去占位置。这里有牛肉锅贴、菜包子、烤鸭、盐水鸭、各种小食、各种汤面，是离开南京的游子们回来后最记挂的地方。每每张恨水回到南京，总约朋友第二天早上奇芳阁会面。三婶派三叔一大早六七点就去排队，占领一张桌子，然后 8 点钟，带领我们一家子人浩浩荡荡穿过夫子庙永远的人山人海，去吃一顿乡愁。

三婶又喜欢到绿柳居买素菜包和烧麦回来当下午点心。如果有麻团，她会介意是不是刚出炉没多久的，“嚼着更软，不粘牙”。三婶买到的麻团，咬一口，馅儿会流汁儿，能看出猪油、焦糖、桂花、芝麻碎。后来我买过不那么新鲜出炉的麻团，朋友说也好吃的。但是，好吃和吃，很有分别的。三婶吃东西不算多么讲究，但老南京那点“嘎古”体现的是懂吃。些微差别可以不计较，老南京的骨子里选择“不吃”。然后时间长了，你自会明白自己糙了。

南京是非常流行龙虾的，各种口味都有，每到夏季简直整个城市都在吃龙虾。但我不怎么吃。不是不爱吃龙虾，而是吃过三婶只用酱油醋之类一般调料烧出来的龙虾后，市面上这些各种样貌口味的龙虾，再也提不起我的味蕾的兴致。

每个周末的早晨，叔婶总是起得特别早。他们会去菜场采买周末的食材。叔家在老城南长乐路，附近几家菜场，他们经常去的是家门口的苏红菜市场和要走两步的科巷菜市场。婶婶总是说，要吃当季菜，也讲究是哪家的。婶婶买菜很少还价，只说：“只要不短斤少两，计较多了没得意思。”

周末等待三叔三婶从菜市场上回来，期待中午吃什么，是我和堂姊妹珊珊的乐趣。婶婶先进门，一个香喷喷的纸袋，是金味板栗。这家板栗一年只做四个月，每天一大早就得排队去买，经常 11 点多就卖完了。老板安徽人，很酷，只说“明日请早”，不肯多炒一锅。一盒子热油渗出的七家湾清真牛肉锅贴，回来搭配热茶给我们当早点；一包野芦蒿，三婶说，农民在菜场门口摆的摊子，野外摘的。叔叔在后面，大包小包，最重要的是一个黑色袋子，里面有“沙沙沙”的响动。“龙虾啊！”我跟珊珊雀跃。珊珊教我怎么收拾虾子：头要剪掉，注意留黄。尾巴要揪出黑肠子，那是排泄物。爪子掰掉，小的不要。最后用牙刷清洁过水。我们一边整理菜蔬一边聊天，时间很快就过去了。芦蒿是三婶掐，红色渐进绿色的野生芦蒿，野香在掐的时候就喷出来了。野芦蒿很珍贵，掐动吃动，但要掐到最不能吃的那个段层，靠手感。并且，掐芦蒿会把指甲给染黑，很久洗不脱。三婶从不让我们弄。

这天的大菜就是这一大锅的龙虾啊，好吃的手指头都要吞掉。到现在我都想不明白，三婶的红烧龙虾为什么那么好吃。那种滋味，没尝过的人，永远无法体会。吃了浓油赤酱的，还要清淡的芦蒿来平衡。三婶的清炒芦蒿就是纯芦蒿，不放香干臭干，一大筷子入口，咯吱咯吱汁液横流……是草的汁液啊！太奢侈了！

后来我也面对过很多龙虾大餐，朋友们都说我矜持，因为我不怎么去动筷子。体贴的友人会剥好放我小碟子里，我还会说他：“这个龙虾啊，要手抓起来，嘬头嘬尾，汤汁合着黄才香呐啊。”他很不满地回我，“原来你会吃啊？！”我会，但我想念三婶在周末的时候做给我们吃的那碗红烧龙虾。而芦蒿，只有大棚养殖的青色的了。也好吃的，很好吃。但比起野生的，原谅我一点点的“嘎古”。

绿柳居的什锦菜非常出名，春节前后我总要买一点，让节日的餐桌周全一些。当年都是三婶自己炒什锦菜的。她说叫“十样菜”。什锦菜是南京特有的素菜，用黄豆芽、芹菜、雪里红、胡萝卜丝、藕片、黄花菜、香菇、木耳、笋丁等分别炒了，再用自家私密作料拌一起而成。讲究一点的人家会选 16 种或者 19 种素菜，取“六六大顺”或“长长久久”之意。三婶家的什锦菜不知道有多少种，一定超过 10 种。分别炒好，用几个大海碗盛好，一样一样倒进一个脸盆那么大的不锈钢盆里，每倒进去一样，就撒点调料酱汁。三婶戴个一次性手套，一边旋转盆子，一边搅拌。周围还有盆盆罐罐，好像在做化学实验。三婶用一种小磨坊出品的香油，是朋友家自做的，有点辣。整个菜拌出来滋味略甜，有丝丝鲜，嚼起来咯吱咯吱，脆脆生生，不知为什么就特刺激味蕾唾液腺。我可以空口吃好多。春节前开始吃，早上就着粥盛一碟子，晚上三叔下酒也摆一碟子。三婶还会盛一大饭盒让我拿去单位请单身的小伙伴们吃。只是太不经吃，几个男孩呼啦呼啦几筷子就挑光了。后来他们自己也去绿柳居买来吃，都说，吃了三婶的“十样菜”,“什锦菜”锦绣不起来了。

每年春节的餐桌，可以吃到三婶自己做的蛋饺和藕夹饼，可以一口一个油炸小肉丸子。还有她自己腌制的鸭胗干，自己糟的鸭舌、鸭心。那段时间，每晚的厨房都是热火朝天的。提前半个月叔婶就开始“忙节”了。平时都非常忙，婶婶总觉得没能让家人吃得更好。春节一定要补足这一切。他们买来各种食材，蒸煎炸煮熬，厨房里总是香气四溢。有时婶婶会塞一块熏鱼让叔叔尝尝味道，叔叔永远有温度正好的热茶给忙碌在灶台前的婶婶喂一口。两个人说说厂里的人与事，商量着去鲜鱼巷再批发点带鱼，或者明早去科巷的鸿福面馆吃个长鱼面……这种时候，我和珊珊就比较识趣，跑一边玩儿去了……

南京人都比较讲究吃，也会吃。三婶对自己的“技能”一点不觉得有啥值得吹捧的。但是，要说真正会做、肯做，又能做得好的人，其实并不多。会做也许是本性，肯做就是一种奉献精神了，然后，要做得好吃，需要付出时间与精力的耐心、对家人朋友充满情谊的爱心。这样，才会想着要让食物表达出她的心意，让吃到她亲手做的饭菜的人感受到食物的滋味的同时——就算当时没体会，日后也会明白——这些食物里，饱含着的深情厚谊。

朝天宫

南京的朝天宫据说是江南现存规模最大、保存最完好的一组古建筑群，周围全是成荫的高大古香樟，将古建新筑都掩映起来。

与一人，踱一城

二楼南书房

在一排老式两层房子的最里面，圈出一个小院子。种了一棵巨大的香樟树，在雨季会发散惺忪冷香。楼梯是石板的，窄而陡，是老建筑的特点。楼梯边上还放着磕磕绊绊的植物盆景。

与一人，踱一城

一人一城